입안 가득 바늘

입안 가득 바늘

발행일	2019년 10월 18일		
지은이	김강물		
펴낸이	손형국		
펴낸곳	(주)북랩		
편집인	선일영	편집	오경진, 강대건, 최예은, 최승헌, 김경무
디자인	이현수, 김민하, 한수희, 김윤주, 허지혜	제작	박기성, 황동현, 구성우, 장홍석
마케팅	김회란, 박진관, 조하라, 장은별		
출판등록	2004. 12. 1(제2012-000051호)		
주소	서울시 금천구 가산디지털 1로 168, 우림라이온스밸리 B동 B113, 114호		
홈페이지	www.book.co.kr		
전화번호	(02)2026-5777	팩스	(02)2026-5747
ISBN	979-11-6299-934-9 03810 (종이책)		979-11-6299-935-6 05810 (전자책)

이 도서의 국립중앙도서관 출판예정도서목록(CIP)은 서지정보유통지원시스템 홈페이지(http://seoji.nl.go.kr)와
국가자료공동목록시스템(http://www.nl.go.kr/kolisnet)에서 이용하실 수 있습니다.
(CIP제어번호: CIP2019041233)

(주)북랩 성공출판의 파트너
북랩 홈페이지와 패밀리 사이트에서 다양한 출판 솔루션을 만나 보세요!
홈페이지 book.co.kr · **블로그** blog.naver.com/essaybook · **출판문의** book@book.co.kr

Mouth Full   of Needles

입안 가득 바늘

김강물 지음

북랩 book Lab

목
차

Mouth Full of Needles

입구

어떤 글을 읽었다. 꽤나 복잡한 글이었다. 무슨 말인지 도통 알 수 없는 글이었지만, 글씨체는 눈에 익었다. 누가 썼는지는 중요하지 않았다. 글 자체는 쓰레기였으니까. 창작의 쓰레기라고나 불러야 할까? 지저분하게 자신의 기분을 끝없이 나열해 놓은 글. 끝없이, 끝없이 문장이 끝나지 않고 감정들만 지리멸렬하게 나열해 놓은 글. 입구도 없고 출구도 없는. 들어가는 말이나 나가는 말도 없이… 글씨체 역시 감정의 느낌 없이 또박또박 쓰여 있었다. 색이 노랗게 바래 가는 A4 용지에 빼곡하게 적은 글이었다. 그렇게라도 감정을 표현하지 않으면 터져버릴 듯한 사람의 글이었다. 눈이 부셔도 핸들을 놓을 수 없는 저녁노을 앞의 운전기사의 글이기도 했다.

지금부터 내가 하려는 이야기는 우울증에 잠식되어서 잃어버린 나를 찾아가는 이야기다. 나를 찾는 이 작업은 현재 진행형이기도 하다.
일단, 이 우울증이라는 질병을 설명하려면 복잡한 정의가 필요하다. 요컨대 적절한 정의를 내리자면 말이다. 정의를 내리는 데도 시작도 없이 중간부터 갑자기 시작되는 문장에 읽는 이는 벌써 어지러움을 느낄지도 모른다. 끝없이 나열된 의미 없고 비슷비슷한 문장 때문에 다 읽기도 전에 책을 덮어 버릴지도 모른다. 좌에서 우로 끝 없이 한 줄로만 설명해야 할지도 모른다. 끝없이 길고 하얀 종이가 바람에 흩날리며 보이지 않는 사막의 끝까지, 건조하고 파란 하늘에 물이라고는 찾아볼 수 없고 무심히도 맑은 하늘과 사막의 끝까지 얇은 종이가 바람에 흩날리며 한 줄로 길게. 더듬더듬 긴 줄에 써 있는 글을 읽다가 질려서 줄을 끊어버리려 해도 끊어지지 않고, 당겨 보려 해도 줄이 너무 길어서 당겨지지 않는 길고 바란 종이. 목은 답답하고 건조한데 하늘만 무심히 파란 그곳에서 돌아가자니 너무 멀리 왔고 앞으로 가자니 한 걸음도 내디딜 수 없는 그런 곳에서 독자는 알아차리게 될 것이다.

이 병에 걸리면 더 이상 옴짝달싹 못 한다는 것을.

마음 깊은 곳에서부터 타들어 가 흰 재가 되어 버린다는 것을.

Part

❶

감정의 소산물

부산의 헌책방 골목에 가 본 적이 있다. 사실 가 본 적이 있다고 말하기도 애매한 것이, 부산에 갈 때마다 가는 곳이기 때문이다. 그곳에는 늘 수천 권의 책이 쌓여 있고 책들 속에 어떠한 규칙도 없는 것 같지만, 주인아줌마는 그 안에서 척척 잘도 내가 원하는 책을 찾아 주곤 한다. 물론 내가 찾는 책이 고서가 아니라 최신 혹은 근·현대 문학이라 쉽게 찾는 편인 것 같긴 하다. 내가 찾는 책은 어쩌나 값이 안 떨어지는지 의문스럽지만. 어쨌든 그 어마어마한 책더미들을 보고 있으면 감정의 낭비라는 생각이 든다. 책을 써 내려간다는 것은 자신의 감정을 써 내려가거나 막대한 에너지가 소모되는 작업인데도 내가 모르는 책들이 이렇게나 많이 쌓여 있는 것을 보면 정말 어마어마한 감정의 낭비가 아닐 수 없다. 감정의 낭비들 속에서만 보물 같은 명작이 나타나는 것은 인정하는 바이고 그런 감정의 낭비가 꼭 필요한 후보군인 것은 알겠다만, 더 이상 아무도 찾지 않는 책들을 보면 왠지 쓸쓸하고 하나의 세계가 사라지는 느낌이다. 모든 세계가 평등하게 사랑받았으면 좋겠지만, 땅에 깔린 책은 비에 젖고 높은 곳에 꽂혀있는 책은 바래지다 못해 책벌레조차 찾지 않게 되어 버려 하나의 세계가 사라져 버리는 곳이 헌책방 거리인 것 같다. 그렇게 생각하면 그곳은 거대한 은하계가 모여 있는 곳이라고도 표현할 수 있겠다. 그대가 내 이름을 불러 주어 꽃이 된 것처럼, 누군가 찾아 주면 다시 생기 있게 살아날 감정의 소산물들이 널려있는 곳이다. 참 매력적인 곳이 아닐 수 없다. 나도 그렇고 너도 그랬다. 그래서 내가 술에 취하면 그렇게 전화를 해댔나 보다. 사라지지 않으려고, 기억되려고.

꿈 1

　어느 날부터 신기하게도 같은 꿈을 계속 꾸기 시작했다. 매일매일은 아니지만, 일주일에 세 번 정도는 꼭 꾸는 꿈이 있었다. 꽤 옛날 일이었는데도 생생하게 기억하는 것은 색이 너무도 아름다웠기 때문이다. 나는 쨍한 여름날 구름 한 점 없는 파란 하늘 아래에서 나를 둘러싼 커다란 산등성이에 갇혀 있었다. 출구는 내가 걸어온 길 하나밖에 없고 산등성이 안에 있는 큰 나무 그늘 아래서 등을 기대고 앉아서 누군가를 기다리는 꿈이었다. 누군가가 꼭 올 것이라고 믿고 있는 척 안심하고 있었지만, 진심으로는 오지 않을 것을 알고 있었다. 그렇게 시간이 흐르고 해가 지려고 하면 깨는 꿈이었다. 꿈속에서의 시간은 빨리 갈 때도 있었고 혹은 너무 천천히 가서 나무에 귀를 대고 무슨 소리가 안 나나 궁금해하기도 하고, 커다란 나무 주위를 둘러보며 나무의 나이를 가늠해 볼 때도 있었다. 결국 예측했던 대로 아무도 나를 데리러 오지 않았고 결국 나는 잠에서 깨어나야 했다. 그럴 때면 아직도 취해 있었고 위스키와 수면제를 먹고 다시 자야만 했다. 입안에 바늘 한가득, 음식을 씹어도 흙 맛이 나고 밥이 부스러지는 느낌, 풀의 사각거림이 이를 통해서 귀로 들려오는 것조차 역겨웠고 잠만이 최고의 안식이었으며 마약 같은 중독성이 있고 강렬한 시간이었다. 산등성이에 갇혀서 누군가를 기다리는 꿈으로 되돌아갈 때도 있었고 아니면 다시 깰 때도 있었다. 하루에 18시간

이상을 잠으로 보냈고, 시간은 꿈보다 빨리 지나갔다. 하루가 5분처럼 지나갈 때도 있었고 더 이상 잠을 잘 수 없을 때는 1분이 영원처럼 느껴졌다. 1초, 1각의 시간 소리가 귓속으로 박혀서 시계 따위는 다 치워야만 했다. 내 잠을 방해하는 모든 것을 다 치워야만 했다. 그저 해가 뜨고 지고, 떠 있으면 수면제를 먹고 자야 하고 해가 져 있으면 아침을 위해서 다시 약을 먹어야 했다. 수면제를 타러 갈 때나 가끔 가족들과 식사를 할 때쯤에만 일어나 살아있는 것을 확인시켜 주고 다시 달콤한 잠의 세계로 돌아갔다. 사는 것은 영 나와 맞지 않았다.

꿈 노트

꿈 노트를 적기 시작했다. 기이한 꿈의 세계를 좀 더 선명하게 기억하기 위함이었다. 하지만 현실의 고통이 꿈으로 투영되었고 고통이 선명해지기만 할 뿐, 내게 그렇게 도움이 되는 것 같지는 않았다. 루시드 드림(lucid dream)을 꾸고 싶어서 며칠 동안 노력해 본 적도 있었다. 일단 꿈이라는 것을 자각하는 것이 중요한데, 나는 그것이 안 되었다. 꿈을 자각하기 위해서는 지나간 과거나 있을 수 없는 일이 일어났을 때 트리거 효과(trigger effect)로 이것이 꿈인 것을 반사적으로 인지하는 그런 연습이 필요했다. 일단 나에게는 지나간 과거를 인정하는 부분이 절실한 것 같았다. 나는 아직 과거를 놓지 못했고 그것들이 꿈이 되어 나타나서 나를 괴롭히는 것이 분명했다. 자살 충동이 느껴졌던 어느 빌딩 옥상에서 빼꼼히 땅을 내려다보며 '이 정도 거리면 충분할까?'라고 생각했던 과거의 모습이나, 서울랜드에서 번지점프 비슷한 것을 하며 '이 정도에서도 못 뛰어내리면 용기가 없는 것 아닌가?'라고 생각했던 과거들이 짬뽕이 되어 자꾸 떨어지는 꿈을 꾸게 되는데 그것이 점점 생생해져서 정말 떨어지는 느낌에 땅바닥에 닿는 고통과 까끌까끌한 아스팔트가 얼굴에 닿는 느낌, 온몸이 꺾이고 뒤엉켜버린 느낌까지(이것은 실제로 투신자살을 목격한 과거가 있는 내게 트라우마가 남아 이런 꿈을 꾸게 된 걸지도 모르겠다) 점점 실제로 다가오는 것이었다. 깨어 있을 때면 자주 되뇌곤 한다. 이제

다 지나갔으니 떨어질 때쯤에 훨훨 날아가면 된다고. 푸른 하늘 높이 훨훨 날아가면 된다고 되뇌곤 한다. 이러다 보면 언젠가는 정말 하늘 높이 나는 꿈을 꾸게 되지 않을까? 아직 연습이 더 필요하겠지만 말이다.

　꿈 노트에서 더 나가서 자기 전에 기쁜 생각을 하면 어떨까 싶어서 항상 로또에 당첨되는 상상을 한다. 로또에 당첨되면 첫 번째로는 아버지의 차를 바꿔드리고 두 번째로는 내 차도 새로 살 것이다. 그리고 대학교 앞의 원룸촌에 있는 빌딩을 하나 살 것이다. 그래서 건물주를 하면서 회사도 다니고 풍요로운 삶을 살아가는 그런 평안한 생각을 하곤 한다. 그런데 이것이 또 문제가 되는 것이, 너무 흥분하고 빠져들어서 잠을 설치는 것이다. 뭐든지 정도껏 해야 하는데, 정도껏 하는 것은 정말 힘들다. 특히 적당히 상상을 하는 일은 더 힘들다.

불량품

내가 오래 자는 노하우는 물을 옆에 두고 자는 것이다. 수면제를 많이 먹거나 술을 많이 먹는 것보다, 물을 옆에 두고 계속 물을 충전해 주면 몸은 계속 잠을 지속할 수 있는 것 같다. 자는 것도 칼로리가 소모되는 것 같다. 거의 몸이라고는 없어져서 언젠가는 '퐁!' 소리를 내면서 내가 사라져도 아무 위화감이 없을 것 같을 정도로 말랐었다. 일단 몸이 마르게 되니 두 다리로 서 있을 힘이 없어졌다. 서 있을 때면 후들후들 떨리던 내 다리. 제일 심각한 것은 가끔 터질 듯이 아파져 오는 내 심장이었다. 칼에 찔린 듯, 쿵쿵거리며 뛰어야 할 심장에 바늘이 하나 걸린 것 같은 느낌. 몸에 문제가 생겼나 해서 피 검사와 정밀 검사를 받았다. 머리 MRI도 찍고, 심전도 검사도 하고, 뇌파 검사 등 여러 검사를 해도 아무 이상이 없었다. 그저 영양부족이었다. 의미 없는 검사들을 마치고 그날도 온종일 잔 것 같다. 그리고 일어나서 오랜만의 외출에서 사 온 킷캣(KIT-KAT)을 아주 천천히 씹어 먹었다. 맛을 기대한 것이었지만, 역시 아무 맛도 나지 않고 끈적한 초콜릿의 식감에 목이 막혀 오는 것 같았다. 가장 조금 먹고 열량을 낼 수 있다는 초콜릿이라도 먹으면 자는 시간을 조금이라도 더 늘릴 수 있을 것 같았다. 딱 한 봉지의 초콜릿으로 며칠이나 살 수 있을까 생각했다. 잠에 방해되는 모든 것을 치웠지만, 치우지 못한 것 하나가 날 괴롭혔다. 책상 밑에 앉으면 보이는 창밖의 햇빛이었다.

추리닝을 입은 바지의 앙상한 발목에 따뜻한 햇빛이 비쳤다. 약간 가려웠고 햇빛의 느낌조차 몸을 쿡쿡 쑤시는 것 같아서 그마저도 관두었다. '햇빛을 관두면 내가 조금 더 적게 살아지지 않을까?' 하는 생각이 들었기 때문이었다. 방 안 가득 사각사각 초콜릿을 먹는 소리가 났다. 그중 하나의 초콜릿이 녹았는지, 아니면 녹아서 눅눅해졌는지는 몰라도 사각사각 소리가 나지 않고 그냥 초콜릿의 식감만 났다. 식감이 이상해서 초콜릿을 한참 들여다보았다. 그러다 천천히 그 초콜릿이 불량품이라는 것을 알아차렸다. 생각과 시간은 정말 느릿느릿하게 흘러갔다. 그렇게 느리게 흘러가는 시간 속에서 나 자신이 불량품이라는 생각이 문득 들었다. 초콜릿도 불량품이 있고 이 세상의 모든 제품에는 불량품이 있는데 나 역시 그중 하나가 아닐까? '펜은 글을 쓰기 위한 기능이 있고, 지우개는 지우기 위해서 만들어졌는데, 나는 살아가는 기능이 없는 것이 아닐까?' 하는 생각이 들었다. 하느님이, 물론 나는 믿지 않지만, 어떠한 거대한 존재가 나를 만들 때 그 기능을 깜빡한 것 아닐까? 아니면 그저 내가 만들어지는 생물학적 반응 도중에 무슨 문제가 생긴 게 아닐까? 사는 게 안 맞는 것. 삶에 알레르기가 있는 것. 불량품이 아닐까?

아무리 비참해도 아직 유머 감각은 남아 있었는지, 그 당시 나는 드림캐처를 머리맡에 붙여놓았다. 꿈도 결국 내 잠을 방해하는 것 같아서였다. 지금 그 드림캐처는 내 책상 앞에 붙어있다. 앞으로 살아가는 데 책상에서 꿈을 꾸면 안 되니까.

변화 1

언제부터인지 정확히 기억나지는 않지만, 아마도 제대로 공부란 것을 시작한 후인 것 같다. 그러니까 뒤처질 것 같다는 두려움에, 무시당하고 있다는 자격지심에, 잘못하면 한국으로 돌아와야 할지도 모른다는 망상까지. 중학교를 졸업하고 바로 유학을 갔기에 딱히 좌절을 느끼거나 목숨이 위태로운 두려움을 느껴 본 적이 없는 그런 삶에 이런 고난이 이렇게나 빨리 닥쳐올 줄은 상상도 못 했었다. 준비운동을 안 하고 뛰어든 찬물에 손끝, 발끝, 목덜미부터 저려 와 몸이 굳어버리는 그런 상태. 그러니까 숙제를 안 해서 기술 선생님한테 파이프로 손을 맞아 앞 친구들의 손이 파랗게 퉁퉁 부어오르는 것을 보며 내가 맞을 때를 기다리는 기분보다, 그러니까 살아 온 모든 나쁜 느낌보다 훨씬 더 후진 그런 기분을 느낀 것은 아마 유학을 가서 조금 지난 후부터였던 것 같다. 굳이 이 모든 경험의 시작을 말하자면 아마 그때쯤일 것이다. 중학교 때는 실없는 농담이나 하고 친구들과 매일 놀고 학원에 다니는 보통의 한국 학생의 인생을 살았다. 바쁜 한국 학생의 인생. 머리에 딱딱 와닿는 수업과 대부분의 숙제와 쓸데없는 공부까지 학원에서 늦게까지 대신 해 주고 잠은 학교에서 자는 그런 시간들. 시험은 벼락치기로 물론 1등은 못했지만, 대략 상위권에 머물렀다. 딱히 가족들이 공부를 강요한 것도 아니었고 평소에 공부를 한 것도 아니었지만, 한국 학생의 본분인 '성적은 행복

순'이라는 슬로건 아래에서 항상 짐을 지고 있었다. 그때 내가 불행한 모든 것은 공부 때문이라고 생각했고 학생의 행복은 역시 성적순이었다. 그래서였는지 시험이라도 치르고 나면 나는 초상집에서 통곡하라고 섭외된 사람들처럼 엉엉 울기 마련이었다. 어떠한 성적을 받아도 만족하지 못했던, 성적과 내 자존심과의 괴리. 또 선생님에게 보이는 내 모범적인 모습과 친구들에게 보이는 내 반항적인 모습에 신경을 써야만 했기 때문에 나는 정말 교과서적인 사춘기를 보냈던 것 같다. 물론 유학을 가기 전까지였다. 사춘기를 가질 시간이 없는 그런 삶을 마주할 때까지.『해리 포터』1, 2, 3권이 한꺼번에 나올 때쯤, 중학교에 입학하여 4권이 나올 때쯤 내 중학교 시절은 흘러가 버렸다. 즐거웠던 시간들. 책도 많이 읽었고, 많이 울었고, 키도 많이 컸고 목소리도 바뀌고, 털도 많이 나버렸다. 졸업하기 전에는 아마 1월쯤이었던 것 같은데 나는 그때쯤 해서 유학을 가게 되었다. 영국의 더 올드 로얄 스쿨(The Old Royal School)로.

길을 걷다

우울하면 세상이 흑백으로 보이는 줄 알았다. 영화에서처럼 내 인생에 색이 되어 주는 운명적인 순간을 만날 때까지는 세상이 흑백이었다가 색이 진해지는 것인 줄 알았다. 하지만 세상은 갑자기 내 안에 들어왔다. 갑자기 색이 너무나 밝아서 눈을 뜰 수 없었고 붉은색의 강렬함과 푸른색의 잔인함, 초록색의 까끌까끌함, 흰색의 차가움, 검은색의 두려움까지 세상은 아찔할 만큼 밝고 세상의 모든 색이 내 눈을 통해 머릿속 가장 깊은 곳까지 나를 찔러 왔다. 또, 새가 날아가는 날갯짓 소리가 들리고 차 속의 사람들의 숨소리가 들리며 아스팔트가 마르는 소리가 귀밑까지 차오르고 풀이 바람에 스치는 소리, 등이 깜박이는 소리, 사람들이 걷는 소리가 내 안을 채웠다. 또, 코로 들어오는 냄새들도 있었다. 햇빛의 냄새, 블록 사이로 자라나는 이끼의 냄새, 오후의 나른한 바람의 냄새들까지. 또, 흘러가는 바람의 느낌과 달라붙는 옷의 느낌까지 모든 느낌이 너무 강하게 다가와 이제는 하늘의 노란 냄새와 땅의 붉은 느낌과 사람들의 깜박이는 소리와 나무가 말하는 소리, 새의 잔인한 느낌과 까끌까끌한 이끼가 내 옷 사이로 스며들고 머리카락 하나하나가 곤두서는 도무지 알 수 없는 너무나 큰 느낌을 받았다. 하늘이 밑으로 쑥 꺼지고 땅이 위로 솟아오르는 느낌. 나는 길 위에 주저앉아서 토할 수밖에 없었다. 아직도 이 경험을 생각할 때면 몸이 간지럽고 신물이 올라오는 것 같다. 하지만 토가 먼저 나오면 몸이 간지러워지는지, 몸이 간지러우면 토하고 싶은지, 그도 아니면 강렬한 색에 내가 반응한 것인지는 잘 모르겠다. 하지만 확실한 건, 그것은 꿈은 아니었다는 것이다.

약에 관하여

약을 먹지 않으면 나에게 나타나는 증상이 있다. 첫째로 몸이 가렵다. 발목부터 시작한 가려움증이 다리를 타고 올라와 천천히 가려움 게이지가 차듯이 온몸을 파고든다. 이건 자리에 앉거나 숨을 깊게 들이마시고 내쉬면 없어지는 증상이지만, 그래도 방치하면 구토까지 할 정도로 심각해진다. 두 번째 증상은 세상의 채도가 낮아져 보이는 증상인데, 점점 흑백으로 세상이 변해 간다고 상상하면 대략 맞을 것이다. 약을 먹으면 다시 색이 돌아오지만, 잠시 잊어버리고 약을 안 먹었을 때는 눈이 침침해지면서 채도가 낮아지는 경험을 종종 한다. 눈이 멀어버리려고 하는 두려움보다 왜 세상의 활력이 없어졌을까 하는 느낌이 든다면 열의 아홉은 내가 약을 까먹고 안 먹었을 때다. 내 사무실 책상은 지저분하지만, 영국에서 사 온 『미녀와 야수』 꽃 컵이 있다. 플라스틱 컵인데 그 안에 붉은 장미가 들어 있는 예쁜 컵이다(설거지할 때면 귀찮기야 하겠지마는). 그 붉은색 장미가 내 눈의 색 보정의 영점을 맞춰주는 척도이다. 장미의 붉은 기가 점차 사라지면 마치 야수의 생명이 주는 것처럼 졸음이 찾아오고 다리가 근질근질하며, 약을 먹을 시간이 되었다는 뜻이라 얼른 약을 챙겨 먹곤 한다. 마지막 증상은 영혼이 붕 떠 있는 느낌을 받는 것인데, 이것은 말로 표현하기가 좀 어렵다. 우리는 눈을 통해서 세상을 본다. 그렇기 때문에 머리에서 온몸을 조종하는 느낌을 받고 실제로도 그러하다. 그런데 영혼이 붕 뜨다니. 이것이 무슨 이야기인고 하니, 내 몸을 조종하는 머리 뒤에서 무엇인가가 나를 잡아끄는 느낌이 든다는 것이다. 얼굴이 붓는 느낌이 들고 내 몸 뒤에 있는 무엇인가 다른 존재가 나를 조종하는 느낌이 드는 것이다. 특이한 느낌이지만, 유쾌하지는 않다. 아무래도 내 몸의 주인은 난데 내가 아닌 다른 무엇인가의 존재가 느껴지는 이 상황. 참으로 기묘한 상황이 아닐 수 없다. 하지만 이 모든 것은 약을 한 줌 먹으면 금방 사라지기 때문에 나는 크게 걱정하지 않는다. 약이 없어서 못 고치는 병도 있는데 약이 있어서 현상 유지라도 된다면 약을 줄이자는 걱정과 우울했던 기억들은 붙들어 매어 놓고 하루하루의 조그마한 행복을 느껴보도록 노력하자.

변화 2

비가 추적추적 오는 1월 밤. 나는 습하디습한 호텔 방에서 한국과 영국의 시차 때문에 새벽 4시에 일어나 아직 해가 뜨지 않은 검은 하늘을 올려다보며 내일을 기대하고 있었다. 안개가 낮게 깔리고 안개 사이로 비치는 보랏빛 하늘이 인상적이었다. 창문 사이로 들어오는 안개가 눈에 아른거릴 정도로 습하고 주변은 냉장고처럼 서늘했다. 내일 누굴 만날 것이며, 어떻게 적응할 것이며. 소설로만 읽었던 『해리 포터』에 내가 투영되어 보였다. 두근두근함과 긴장감이 팽팽하게 그날 새벽을 가득 채웠다. 처음으로 찾아간 학교는 낡고 복잡했다. 마치 호그와트의 움직이는 계단들처럼 시시각각 변화하는 것 같았다. 골목으로 들어가야 수업장이 나올 때도 있었고, 컨테이너 박스에서 받는 수업도 있었으며 터널 같은 곳 밑에 출입구가 있는 곳도 있었다. 더 이상 쓰지 않아 페인트를 칠해놓은 문들도 많았고 아침마다 예배를 드리고 조회를 해야만 했던 꽤 큰 교회도 있었다. 교장을 만나고, 사감을 만나고, 같은 나라의 친구를 만나고, 기숙사를 배정받고. 그날 하루는 그렇게 보내고 마무리가 되었다. 그리고 또 시간은 흘러갔다. 이곳은 실수한다고 때리는 사람도, 벌점을 주는 사람도 없었다. 하지만 날씨 때문일까, 아니면 음식 때문일까? 기분이 이상했다.

꿈 2

또 꿈을 꾸었다. 옛날의 누군가를 기다리는 꿈보다 자주 꾸지는 않지만, 이 역시 잊을 만하면 다시 나를 괴롭히는 꿈이다. 안개 낀 아침에 올드 로얄 스쿨(Old Royal School)의 정문을 들어서면서 낡디 낡은 문을 열고 수업을 하러 들어가는데, 들어가면 들어갈수록 낡은 문이 더 나오고 또 나와서 결국 문들 사이에서 길을 잃어버리는 꿈이었다. 『이상한 나라의 앨리스』처럼 멋진 꿈은 아니었다. 낡은 문은 고작 회전문이었고 거기서 내리는 것을 잊어버린 그런 수준의 꿈이었다. 그 문들을 지나면서 화가 난 선생님들을 만나고 수업에 늦어서 벌벌 떨며 돌아다니는 나를 발견하는 그런 꿈이었다. 아마 내 머릿속은 그 정도로 작은가보다. 아직도 그 문들 사이에서 헤매는 꿈을 꾸는 것을 보면 말이다.

사람들

석이라는 친구를 소개받았다. 내가 학교에 온 첫날에 같은 나라 사람이라고 잘 지내라며 소개받은 사람이다. 통통하게 생기고 이상하게 높은 목소리를 가진 그였다. 그는 귀찮은 듯한 목소리로 내게 몇 살이냐고 물었고 나는 내가 태어난 해를 알려 주었다. 자기가 형이라고 했다. 나는 한 학년 높은 곳에 배정되었고 그는 한 학년 낮은 곳에 배정되어 있다는 것을 알게 되었다. 갑자기 날 좋아하지 않는 것 같았다. 알고 보니 같은 나이인데 생일이 조금 빠른 것뿐이었다. 평균보다 조금 빠른 편인데 나도 생일이 빠른 편이라 실제로는 한 달 차이밖에 나지 않았다. 형이라고 부르다가 반말을 하게 되었다. 나를 더 좋아하지 않는 것 같았다.

또, 브랜던(Brandon)이라는 친구를 소개받았다. 나랑 같은 학년의 인도 사람이었다. 키가 엄청나게 크고 뚱뚱했다. 털북숭이에 무엇이든지 아는 척하는 그였다. 너무 어려워서 나한테는 설명 못 할 일도 자기가 다 안다며 다단계 사이트에 가입해서 자기 돈을 뺏긴 적도 있었고, 지금은 학생회장이지만, 처음에 이곳에 왔을 때는 주변 사람들한테 돈을 주며 자기와 친구가 되어달라고 했다고 했다. 음식을 손으로 집어 먹었고, 손으로 집은 음식을 나한테 먹이려고도 했다. 무엇이든 자기에게 물어보라던 그는 둘째 날 아침에 식당이 어딘지 모

입안 가득 바늘

르는 나를 데리고 밥을 같이 먹어 준다고 했다. 그리고 다음 날 나는 혼자 식당을 찾아가야만 했다. 그가 원래 아침을 안 먹는다는 사실과 자기 자신을 부풀려 말하는 것이 도를 지나칠 정도라는 것을 깨닫는 데는 많은 시간이 걸리지 않았다.

창이라는 사람이 있다는 것은 내가 알게 되었다고 하는 게 맞다. 절대로 방 안에서 나오지 않는 그. 대체 무엇을 하는지 모르다가 저녁 자습 시간에서야 열린 문을 통해서 그를 보고 말을 걸게 되었다. 방 안에는 수많은 페트병이 쌓여 있었고 깨끗하게 정돈된 페트병과 책상과 방을 보니 창고가 아니라 사람이 사는 방이 맞았다. 창은 중국에서 왔다고 했다. 광둥어를 쓰는 대부분의 중국인과는 달리 자신은 본토 언어를 쓰는 중국인이라고 했다. 그의 취미는 본토에 있는 여자들과의 웹 채팅이었다. 중국과 이곳의 시차 때문에 그가 방에서 안 나온다고, 흔한 히키코모리라고 단순하게 생각했었다. 아무리 늦어도, 일러도 나오는 것을 못 보는 이유가 그 많은 페트병을 그가 소변 통으로 쓰기 때문이라는 것을 알고 나자 왜 자주 못 보는지 더욱 이해가 갔다.

학교에는 수십 명의 홍콩인과 몇 명의 영국 사람이 있었다. 영화에서처럼의 인종 차별을 약간은 기대했었는데, 현지 영국 아이들이 역으로 인종 차별을 당해 홍콩인들에게 소수 민족 취급을 당했기에 나 역시 졸지에 광둥어를 배워 홍콩 말을 하게 되었다. 나는 많은 홍콩 사람을 알게 되었다. 물론 그들은 나보다 영어도 잘하고 영국 시민권자인 사람도 더러 있었다. 그래도 그 이상한 말투나 억양이 나한테 스며드는 것은 어쩔 수 없었다. 그나마도 영어를 못 하는 나는 상향 평준화가 되었고, 거기에 영어를 잘하던 홍콩인들은 영어를 쓸 일이 없으니 하향 평준화가 되어 갔다. 학교에서는 영어를 쓸 일이 딱히 없었다. 영어에 대한 결핍, 사람에 대한 결핍, 영양 결핍, 이런 것들이 서서히 가랑비처럼 나를 적시고 있었는데 나는 아직 그것을 인지하지 못했다. 그것들 때문에 옷이 다 젖었다는 것을 깨달을 때까지는 7년이라는 세월이 걸렸다.

진단

처음 고등학교에 들어가고 거의 정확히 7년 후에 세밀한 검진을 받은 후 나는 고작 우울증이라는 진단을 받았다. 겨우 우울증이라고요? 내가 이렇게 고통스러운데, 걷기가 싫고 태양이 싫고 당신이 싫고 숨 쉬는 게 싫은데 겨우 우울증이라고요? 난 특별해요. 몸에서 아픈 곳을 정확하게 짚어 볼 수도 있어요. 그런데 겨우 우울증이라고요? 그럼 제가 완전히 건강하다는 말인가요, 선생님?

선생님 A

사람들이 누군가를 '선생님'이라고 부를 때는, 통상적으로 무엇인가를 달라는 의미가 있는 것 같다. "가르쳐 주세요, 선생님.", "고쳐 주세요, 의사 선생님." 등. 의사 선생님 A는 나이가 많은 남자 선생님이었다. 대학 병원은 눈이 너무 부셔서 선글라스와 모자를 쓰고 갔더니, 간호사가 어디 교수님 앞에서 모자와 선글라스를 쓰고 있냐면서 벗으라고 시키고 명령조로 나를 심문했다. 그 분위기가 싫어서 작은 병원의 선생님 A를 찾아갔다. 선생님의 작은 병원에는 할머니, 할아버지들이 가득 모여 있었다. 다들 딱히 어딘가 불편해 보이지는 않았으며 시끌시끌한 분위기가 좋았다. 선생님의 진찰실은 클래식 CD로 가득 차 있었다. 수더분한 그의 인상이 좋았고 항상 나를 '본인'이라고 불렀다. "본인은 어디가 불편하세요?", "본인은 자신이 어떤 병을 앓고 있다고 생각하세요?" 그리고 선생님을 만난 후로 선생님께 하지 말아야 할 것은 나 자신이 겪은 일에 대하여 이름을 정하는 것이었다. 예를 들어, "선생님. 오늘 공황 장애를 겪었습니다."라든지, "선생님. 오늘 발작을 일으켰습니다."라든지. 선생님은 본인에게 무슨 일이 있었는지만을 말해달라고 했다. 자세히 들어 주고 알맞은 약을 처방해 주었다. 선생님은 내가 나한테 일어난 일에 대해서 남을 대하듯이 이야기한다고 했다. 그것이 가장 큰 문제라고 했다. 나와 나에게 일어난 일까지가 하나인데 마치 내가 나를 표현할 때 남에 관해서 이야기하는 것처럼 말하는 것, 별일인데 별일 아닌 것처럼 말하는 것, 그것이 가장 큰 문제인 것 같다고 했다. 그것에 대해서 하나씩 알아가 보자고 했다.

수업

고등학교 첫 학기의 수업은 〈수학〉, 〈화학〉, 〈비즈니스〉 이렇게 세 과목을 들었다. 〈수학〉은 〈통계〉, 〈역학〉, 〈순수 수학〉으로 나누어져 있었는데, 〈순수 수학〉 수업은 진도를 나간다기보다는 교과서를 알아서 자습하다 궁금한 것을 물어보는 식이었다. 첫 수업 때는 아무것도 안 알려 주길래 너무 떨려서 "Can I record your lesson(녹음해도 될까요)?"을 "Can I recognize your lesson(알아봐도 될까요)?"이라고 말하고 녹음기를 책상 앞에 놓고 선생님이 말하는 것을 기다렸다. 선생님은 "네가 무슨 얘기를 하는지 모르겠지만, 녹음기가 필요한지는 잘 모르겠다."라고 말하며 자리에 앉으라고 했다. 자리에 앉아서 가만히 기다렸다. 선생님은 소설책을 꺼내서 읽기 시작했고 나는 기다렸다. 기다리고 기다리다 책을 베끼기 시작했다. 두 번째 수업도, 세 번째 수업도 마냥 책을 필사했다. 어느 날 선생님이 "마이클! 오늘 괜찮니?"라고 물어보았을 때 "그렇지 않아요."라고 말했을 때부터 다시 1장부터 필사가 시작되었다. 어디까지인지, 얼마나 빨리 어느 곳까지 진도를 나가야 하는지, 같은 학생들의 수준은 어떻게 되는지 전혀 알 수 없는 그런 수업. 대부분의 시간에 선생님이 없는 그런 수업. 진도에 불안해하고 성적이 불안한 한 명의 한국 학생과 세상 느긋한 중국인 2명이 그 반의 학생 전부였다. 〈통계〉 수업도 중국인과 나 단둘만 듣는 수업이었다. 선생님은 백발에 나이가 무척 많은 사람이었는데 그 중국인 학생과 매우 친한지 중국인이 책상을 세 개나 붙이고 그 위에 누워 있어도 아무 말도 하지 않고 자신만의 수업을 진행했다. 〈통계〉 수업은 그나마 이해할 수 있었다. 그 선생님은 너무 나이가 많아서 곧 그만두신다고 했다. 〈역학〉 수업은 내가 듣는 수업 중에서 가장 수업다운 수업이었다. 물론 영어가 짧아서 하나도 못 알아들었지만, 교과서의 연습 문제에 대한 모든 풀이 방법을 선생님이 해답지처럼 적어놓은 다음에 파일로 철해 두고 앞에서는 강의를 진행했다. 남는 시간에는 문제 풀이 시간과 질의응답 시간을 갖는 좋은 수업이었다. 〈수학〉은 명쾌했다. 그나마 영어를 몰라도 간단한 수식이면 누구든 알아들을 수 있었기 때문에 중국인들이 많이 몰려 있었다.

〈화학〉 수업은 뚱뚱하고 나이가 많은 백인 여자 선생님이 진행하셨다. 여전히 알아들을 수 없는 수업이었고 중국인들이 가득 차 있었다. 오자마자 며칠 후 테스트를 본다고 해서 또 벼락치기 교과서 필사를 시작했다. 어디서부터 손을 대야 할지 감도 안 잡히고 화학을 접해 본 적이 없던 터라 또 내가 할 수 있는 오직 하나의 방법인 필사를 시작했다. 교과서를 통째로 외우겠다는 생각으로 쓰고 또 썼지만, 도통 무슨 이야기인지 알 수가 없었다. 간단한 메탄의 3D 모형을 외우기도 쉽지 않았다. 결국 테스트 날이 다가왔고 나는 백지에 아무것도 못 쓴 상태로 메탄의 3D 모형을 엉망으로 그려 내었다. 선생님은 1점을 주었다. 나는 그 1점을 보고 웃음이 났다. 물론 메탄의

3D 모형은 틀렸고 시험지는 백지였지만, 처음으로 웃음이 났다. 가장 기쁜 1점이었다.

　〈비즈니스〉는 책이 〈수학〉 책의 6배 정도 두께에 여러 가지 회사 경영의 사례집 같은 것들이 실려 있었다. 그 사례들을 읽고 비즈니스 측면에서의 결과와 그들의 의도를 유추하는 내용의 과목이었는데 영어가 영 어려워서 포기하게 되었다.

시험

얼마 지나지 않아서 중간고사를 치게 되었다. 제일 잘 나온 점수는 <순수 수학>이었는데 21점이었다. 나는 한국으로 다시 돌아가서 학원과 과외를 닥치는 대로 들어야만 했다. 21점이라니, 태어나서 평생 들어 본 적도 없는 점수였다. 나는 이 점수에 대한 책임을 져야만 했다. 가족들의 기대에 부응하기 위하여, 나 자신의 자존심을 지키기 위하여, 나를 지키기 위하여, 나의 존재를 위해서 공부해야만 했다. 그 당시의 나는 학생의 존재는 시험 성적으로 증명된다는 관념에 사로잡혀 있었다. 물론 지금은 많이 나를 옥죄는 속박과 짐들에서 벗어나 내 존재를 확신시키는 관념은 의미 있는 삶을 찾아가는 과정 속에 있다고 생각하지만 말이다. 어찌 되었든, 여기서 대학을 가지 못하면 한국에서 고등학교를 1학년부터 다시 시작해야 한다는 부담감까지 있었기에 지구가 당장 멸망하지 않는 한 미친 듯이 공부를 해야만 했다.

압구정 유학원 중에서도 가장 역사가 깊다는 곳에서 수업을 들었다. 소수 수업으로 유명한 곳이었다. <수학>을 가르치는 선생은 지독하게 영어를 못 하는 사람이었지만, 영국 악센트를 흉내 낸 콩글리시를 쓰는 이상한 선생이었다. '마쓰(math)를 배우고 싶어서 온 마이클.' 그게 내 이름이었다. 며칠 지나지 않아서 교무실에서 "마이클은

입안 가득 바늘

마쓰 자체에 대한 개념이 없고 티미하고 못한다."라는 선생님의 조소 섞인 목소리가 복도 밖까지 들려왔다.

"마이클은 정말 너무 못해. 이렇게 못 알아듣는 학생은 처음이라니까."

'확실히 내가 못 하는구나.'라는 생각과 복도 끝까지 들리는 웃음소리에 목덜미가 서늘해져 왔다. '이렇게 나는 짧은 유학 생활을 포기하게 되는 걸까? 아니, 포기가 아니지. 실패하는 걸까?' 그날 점심은 세상에서 가장 비참한 샌드위치였다. 원어민 선생들과 이미 영국에서 대학을 다니고 있던 아르바이트 선생님들까지 모든 것이 부러웠다. 이 사람들을 갖고 싶었다. 그들에게 언제라도 복수할 수 있도록. 진심으로 해하고 싶었다. 푸석한 샌드위치를 먹으며 마쓰를 배우러 온 마이클은 살의를 느꼈다. 당장 아니라고 소리칠 수도 없고 아무것도 할 수 없는 나 자신이 비참했다.

한국 과외 선생님들에게도 스파르타식으로 과외를 받았다. 두 시간씩 〈화학〉, 〈물리〉, 〈수학〉 과외를 들었고 내 삶이란 오로지 다음 학기 성적을 잘 받는 것에 집중되어 있었다. 나도 더 이상 뒷걸음질을 칠 수 없다는 것도 알고 있었고, 언제까지고 따라가기만 할 수 없다는 것도 알고 있었다. 결국 살인적인 일정 탓에 허리뼈에 금이 가고 말았다. 하지만 나에게 더 필요했던 것은 아마 복수였던 것 같다. 어린 마음에 기억에 큰 구멍으로 남은 얼굴도 기억나지 않는 그들에게 복수하고 싶어서 더 열심히 공부했던 것 같다. 과외 선생님 중에서는 솔직히 나를 죽일 수도 있지만 그렇게 하지 않는다는 서슬 퍼런 말을 내뱉는 선생님도 있었고, 목도로 때리고 장구채로 때리며 때릴 수 있는 모든 것으로 때리던 과외 선생님도 있었다. 다들 우리나라 최고의 대학교에서 최고의 교육을 받는 소위 엘리트들이었다. 언젠가 나도 그들을 바라보며 너희들을 죽일 수 있지만, 그렇게 하지 않겠다고 말하고 싶었는지도 모르겠다. 왜냐면 그들이 너무 싫었으니까. 무서웠으니까. 그리고 맞으면 맞을수록 안 맞으려고 머리가 빨리 돌아가서 무언가를 체득하는 나를 보고 더 이를 악물고 그들을 죽이고 싶었다. 그들에게 좀 더 빨리 복수하고 싶었다. 최대한 잔인하게 복수하고 싶었다.

작은 보상

나는 다시 영국으로 돌아왔다. 숨이 턱턱 막히는 이곳으로 다시 돌아왔다. 더 올드 로얄 스쿨(The Old Royal School). 새벽에는 안개가 가득 차고 아침에는 안개가 걷혀서 푸른 하늘이 보이는 그런 곳. 창문을 열어두면 안개가 방 안으로 들어오는 것이 보일 정도로 진한, 마치 구름들이 내려오듯이 언제나 옷이 100% 마르지 않고 이불이 축축한 곳. 그곳으로 돌아왔다. 난 이름을 킴(KIM)으로 바꾸었다. 한국 이름을 사용하고 이제는 정말 실전이라고 생각했다. 석이도 한 학년을 올라와서 나와 동급이 되었다. 나는 다시 한 학년을 반복해서 9월부터 시작하는 고등반으로 들어갔다. 이제 수업도 나름 잘 쫓아갈 수 있게 되었고 성적도 다시 상위권을 유지할 수 있게 되었다. 하지만 그 작은 보상도 나한테는 턱없이 목마른 것이었다. 짓밟고 올라가야 할 계단이 하늘 끝까지 펼쳐져 있는데, 나는 너무 더딘 것 같았다. 게다가 허리가 너무 아파서 한 끼마다 8알이 넘는 진통제를 먹곤 했다. 드러눕기가 십상이었고 끊어질 것 같은 허리와 허벅지까지 내려오는 고통에 몸부림치는 날이 계속되었다.

입안 가득 바늘

탓 1

내가 가장 많이 붙어 다닌 것은 석이였다. 그와 계속 붙어 있으면 일
단 편했다. 그는 이 학교를 오랫동안 다녔고 통통한 몸에 영어도 나름
잘하고 광둥어도 주워들은 게 몇 년인 덕분에 말도 잘했다. 그리고 내
가 처음 만난 소시오패스였다. 내 생일에 내가 차린 밥상을 엎은 것도
그였고 조금 물이 튀겼다고 음료수를 남의 밥에 부어버리는 그런 인간
이었다. 흔히들 말하는 일진은 아니었지만, 그는 소시오패스가 분명했
다. 나와 함께 있을 때 일어난 일련의 사건을 되짚어 보더라도 말이다.
한국에서 방학을 맞이하고도 그를 만났는데, 늘 한두 시간씩 늦기 일
쑤였다. 자신의 집이 멀기 때문에 늦게 오는 것은 당연한 거라며 시간
약속을 한 번도 제대로 지키지 않는 그였지만, 나는 당시에 원체 자존
감이 없던 터라 그 응석을 다 받아주었다.

인도에서 온 브랜던도 한 학년을 올라갔다. 브랜던은 이제 졸업반
이었고 학생회장 자리는 어떤 중국인 남자애가 맡게 되었다. 그는 여
전히 자신에 관여한 일에 대하여 자신이 얼마나 대단했는지를 떠벌
리고 다니느라 정신이 없었고 난 차라리 그가 정치를 했으면 좋았을
것이라고 생각했다. 그의 입에서 나온 말 치고 제대로 되는 일은 하
나도 없었지만, 그는 항상 당당했다.

많은 남자와 기숙사를 같이 쓰다 보니 계속 별별 일들이 일어났다. 변기 속의 똥을 끄집어내서 집어 던지는 장난을 쳐서 벽에 똥이 붙어 있다거나, 변기 뚜껑을 내리고 변을 싼다거나. 나는 새벽에 나와서 문을 타고 올라가 좌변기 문을 다 잠가 놓는 장난을 자주 쳤었다. 화장실에 가기가 무서워졌기 때문이었다. 아무도 화장실을 쓸 자격이 없다는 생각에서였다. 하지만 화장실 문을 잠그고 여는 일들이 밖에서 쉽게 동전 하나만으로도 할 수 있다는 것을 알게 된 이후로는 더 이상 하지 않았다. 습기가 가득하고 곰팡이가 가득한 화장실과 똥과 머리카락이 엉겨 붙은 배수구, 물을 내리면 옆 사람의 똥이 밀려 내려오는 그런 광경까지. 모든 것이 화장실을 갈 때마다 내 머릿속에서 빙빙 돌았다. 그래도 현기증이 날 것 같고 구역질이 나는 역겨운 그곳에 나는 매일 가야만 했다. 내 머릿속에서 그런 것들을 잊기 위하여 자해를 시작했다. 자해를 하다 하다 더 이상 칼로 그을 도화지가 없어질 때쯤 해서 정신이 돌아왔다. 몸을 가리지 않고 자해를 했다. 팔은 물론이고 다리, 얼굴까지. 누구라도 날 봐주었으면 해서 그랬었다. 반팔을 입고 다녀도, 선생님께 들켜도 아무 일도 일어나지 않았다. 셀프 타투(Self-tattooing)를 한다는 걸 모든 사람이 알면서도 아무도 나를 봐주는 사람이 없었다. 석이는 한쪽 팔이 움직이는 다스베이더 인형을 사서 라이트 세이버를 든 손으로 계속 자기 팔을 긋도록 팔을 꺾어놓고 이게 나라면서 놀렸다. 죽도록 싫었지만, 인정해야 할 것은 나도 웃었다는 것이다. 나는 아무런 의욕도, 힘도 없었다. 그냥 석이와 석이를 따르는 무리와 함께 있으면 몸은 편했다. 사람과 있다는 느낌과 소속감이 들었다. 낮만 그렇게 보낸다면 밤부터는 내 공부를 하면 되었기 때문이다. 자해는 마약과도 같았다. 중독성이 심하고 기분도 좋아졌다. 이제 졸릴 때도, 약한 생각이 들 때도, 시험을 잘 못 봤을 때도, 나를 집어삼킬 듯이 덤벼들던 과외 선생들처럼 나 스스로가 그들이 되어 나에게 벌을 주었다. 언젠가부터 잘못은 문제가 되지 않았다. 그냥 그 느낌이 좋아서 긋기 시작했다. 식은땀이 줄줄 났던 첫 번째 상처는 이미 어디론가 사라지고 없고, 이제는 쓱쓱 거침없이 긋기 시작했다. 몸에 잉크로 그림을 그리기도 하고 염색약을 상처에 넣어 보기도 하였다. 이 느낌을 기억하고 싶었다. 남 때문이라는 이 증오의 느낌을 기억하고 꼭 언젠가 다시 돌아와서 복수하리라 생각했다. 누구에게도 난 더 이상 중요하지 않았다. 난 무가치한 사람이 되어서 이미 무엇인가에 집어 삼켜졌고 허리는 끊어질 듯 아팠으며 팔은 쓰렸다. 항상 빌어먹을 화장실에 가서 샤워할 때마다, 팔에 쓰린 고통이 느껴질 때마다 기억했다. 이것이 현실이다. 더러운 시궁창 같은 이곳이 현실이다.

이건 꿈이 아니라고.

자해

　사실 나는 칼에 베이는 기분이 너무 싫다. 커터 칼은 정말 극도로 혐오하는 물건이다. 보는 것도 싫고 또 면도칼도 너무 무섭다. 어렸을 적에 아버지가 면도하시는 것을 보고 나도 면도칼을 써 보고 싶어서 면도칼로 코 밑의 인중을 가로로 그어 버린 적이 있다. 그 뜨거움. 또 중학교 즈음이었을까, 커터 칼에 살을 깊게 베이는 바람에 다섯 바늘을 꿰맨 적이 있었다. 손에 뜨거운 피가 흥건하게 고여서 땅에 한 걸음 간격으로 떨어지는데 그때의 그 뜨거움. 그리고 손에서 실을 뺄 때 실이 새 살에 파묻히는 바람에 손을 다시 칼로 파내야 했는데 그 찢어지는 느낌까지(원래 그런지는 모르겠지만, 칼에 베인 흉터와 실로 꿰맨 자국까지 선명하게 남아있다). 그러나 그런 느낌들은 싫으면서도 동시에 나에게 살아있다는 느낌을 주었다. 죽었다면 그런 느낌은 들지 않을 테니까. 거북이처럼 느린 내 일상에서 정말 피가 도는 기분. 나를 살아있게 하는 기분. 중독적이고 따뜻하며 티가 나니까. 추잡하지만, 정말 소심한 나에 대한 나만의 응징이었지만, 그 기분이라도 없었다면 미쳐 버렸을지도 모른다. 깊은 바다로 가라앉던 나를 잡아 주었던 건 자해를 했기 때문이라고 믿고 싶다. 지금은 남이 자해하는 것을 보거나 자해를 한 상처가 있으면 정말 가슴이 아파 참견해서 이야기하고 싶은 마음을 참을 수가 없지만, 내가 뭐라도 되는 것도 아니고 자해를 한 선배라고 자랑스럽게 이야기하는 것도 정

입안 가득 바늘

말 등신 같은 일이기에 마음속으로만 작은 응원을 보내곤 한다.

그렇게라도 살아라. 좋은 날이 올지는 모르겠지만, 평범한 일상은 반드시 돌아온다. 상처는 그저 상처일 뿐. 그때를 기억할 수 있는 표식일 뿐이다.

사람들

딩(Ding)은 씻지 않았다. 목에 검은색 때로 만들어진 끈이 눈에 띌 정도로 오랜 시간이 지나도 씻지 않았다. 중국 본토에서는 유명한 부자의 아들이라고 했다. 그러나 그는 영어도 하지 못했고 몸에서는 냄새가 났다. 그러다 흑인들과의 싸움에서 부엌에서 칼을 꺼내 와 죽어버리겠다며 난동을 부리는 사고를 치는 바람에 퇴학당했다.

에릭(Eric)은 형에게 무서운 자격지심을 가지고 있었다. 그렇게 키가 큰 형제는 처음 봤지만, 그렇게 큰 동생을 개 패듯 패는 형의 힘도 엄청났다. 에릭은 무엇이든지 형보다 잘하고 싶어 했지만, 그렇게 되지 못했다. 형은 유명한 농구 선수가 될 것 같았다. 커리어를 그쪽으로 해서 온 힘을 농구에 쏟아부었고 원하는 곳에 들어갈 만한 실력을 쌓아서 결국 원하는 곳에 들어간 것 같았다. 에릭도 미친 듯이 농구를 했지만, 10년이 넘게 지난 지금도 그들의 이름을 다시는 듣지 못했다.

프레디(Freddy)는 배에 인슐린 주사를 꽂고 돌아다녔다. 말 그대로 인슐린 주사를 배에 꽂고 장난을 치기 일쑤였다. 프레디가 어떻게 되었는지는 알 수 없으나 오래 살지 못할 것이라고 했다. 그는 기숙사 보안 체계를 냉장고 자석으로 간단하게 고장 내서 여학생들을 불러

서 방에서 놀았다. 나중에는 교생까지 꼬셔서 같이 놀기 시작했다. 그는 부자였고 즐거워 보였다. 그들은 정원에서 불결한 짓을 하다 붙잡혔지만, 퇴학당하지는 않았다.

Performing art

나는 당시 한국에 있는 여자 친구에게 피아노를 쳐 주고 싶었었다. 피아노는 하나도 못 쳤지만, 당시 유행하는 이루마의 조용조용한 피아노곡을 연습하기 시작했다. 한 칸씩 3개월 동안 노력을 해서 치기 시작하였고 음원을 직접 들으면서 박자와 분위기까지 맞추어서 치는 연습도 했다. 그리고 학교에서 하는 장기자랑 같은 시간인 'Performing art'라는 큰 행사에 맞춰서 그 곡을 치려고 했다. 내가 있었던 동네가 원체 작은 바람에 'Performing art'라는 행사가 열린다는 소식이 그 작은 마을의 마을소식지에 올라가게 되었고, 시범으로 몇몇 학생이 자신들이 준비한 곡을 연주하는 시간이 되었다. 그중에 피아노를 잘 쳐서 내가 연습할 때 몇 번 알려주었던 친구가 뽑혀서 나갔는데, 그 친구가 내 악보를 들고 나가서 내 곡을 연주했다. 내가 그토록 연습한 곡을 간단하게도 쳤다. 악보집을 찢어버리고 싶기도 하고 악보집을 복사해서 타이틀을 지우고 다른 곡을 연습하기도 했으나 내 실력으로는 일주일 만에 새 곡을 연습하기에는 턱없이 부족했다. 그다음 주에 나는 연습했던 곡을 어색하게 쳐야만 했고 비참한 기분이었다. 밝은 무대와 대비되는 새카만 관객들의 얼굴, 이미 들었던 곡을 다시 들어야만 하는 많은 사람까지. 모든 것이 내 목을 조여 오고 아무 생각 없이 곡을 쳤다.

한국에 돌아가서 카페 민토에서 여자 친구에게 수줍게 그 곡을 쳐 줬다. 여자 친구는 고맙지만 자기가 좋아하는 곡은 이 곡이 아니었 다며 내게 수줍게 말을 건넸다. 완곡을 한 후에는 카페에서 거의 졸 도하듯이 잠을 잤다. 오래 잠을 자는 동안 여러 꿈이 교차했다. 학교 에서 그 작은 피아노로 같은 곡만 연습하는 통에 이제 뮤직 룸을 쓸 때면 눈치를 주던 선생님, 내 곡을 가로채 간 그 욕심 많은 얼굴, 어 두운 무대 저편의 숨죽인 눈빛들.

탓 2

올드 로얄 스쿨(Old Royal School)이 문제인 것 같아서 학교를 옮기고 싶었다. 학교를 너무 옮기고 싶어서 나는 한 학년을 더 되풀이하고 1년을 손해 보고 대학을 갈 것인지, 아니면 이 시궁창에서 1년 반만 더 있다가 대학에 갈 것인지를 선택해야만 했다. 마쓰를 가르치던 유학원에서는 옮기는 것을 추천했다. 아무래도 내가 계속 그들 밑에 있는 것이 좋겠지. 내 선택은 결국 이곳에서 학교를 졸업하는 것이었다.

석이

또 시간이 흘렀다. 석이와의 생활이 내 생활의 대부분을 차지했다. 나는 아직 우울이라는 단어를 몰랐다. 내가 정말 슬플 때, 더 이상 팔에 그릴 칸이 없을 때까지 자해할 때, 바람을 쐬고 싶어서 밤에 몰래 나갈 때도 석이는 함께했다. 석이는 내가 어떤 상태든 자신의 기쁨을 나와 비교했다. 여자 친구와 헤어져서 슬퍼할 때도 석이는 내게 자기는 오늘 기쁜 일이 있으니 웃어도 되냐고 허락을 맡고 미친 듯이 웃으며 밤의 운동장을 뛰어 다녔다. 석이의 나에 대한 감정은 아주 복잡하면서도 단순했다. 자격지심. "네가 뭘 알아? 너 같은 게 그런 대학에 들어갈 것 같아?"부터 시작해서 같이 핸드폰을 바꾸어도 내 핸드폰을 싫어하는 말을 한동안 입에 달고 다니고, 얼마나 자기가 천재이고 나는 노력을 해야만 하는지에 대한 글도 SNS에 게재하고, 내가 고른 대학교도 깎아 내렸다. 무슨 이유를 붙여서라도 나의 모든 것을 깎아내렸다. 그래도 나는 딱히 반박하지 않았다. 두려웠다. 지금 가지고 있는 실낱같은 편안함도 잃어버릴 것이라는 두려움에 그랬던 것 같다.

면접

대학을 몇 군데 고르고 직접 그 대학에 가서 이틀 동안 면접을 봐야만 했다. 내게 첫 오퍼를 준 대학교는 영국에서 가장 큰 대학교인 맨체스터 대학교(Manchester University)였다. 아침에 인터뷰가 있기 때문에 전날에 도착해야 했다. 마침 그 대학에 브랜던이 있었기에 브랜던에게 이틀만 그가 사는 방바닥에서 재워 달라고 부탁했다. 눈이 내려 찬 맨체스터 도시의 반짝이는 밤길 속에서 몇 시간이나 서서 핸드폰을 들고 그를 기다렸다. 시간은 속절없이 지나갔고 나는 역에서 나가야만 했다. 공중전화 부스 안에 들어가서 등에 비치는 가랑비를 쳐다보며 '이번엔 받겠지.' 하며 또 전화를 걸었다. 그는 받지 않았다. 결국 택시를 타고 근처 호텔에서 묵게 되었다. 다음 날 아침에 인터뷰하고 맨체스터 대학교 투어를 하는 도중에 길에서 브랜던을 만났다. 꼭 방금 일어난 모습으로 길을 지나가다 나를 보고는 놀라지도 않은 표정이었다. 나는 반가움에 '무언가 실수가 있었겠지.' 하는 생각에 오늘 밤을 부탁했고, 그는 걱정하지 말고 오늘 밤에 전화하라고 했다. 그게 내가 그를 본 마지막이었다. 차디찬 맨체스터에서의 이틀은 분노와 배신감으로 가득 차 버렸다. 맨체스터 대학교에서의 인터뷰는 성공했지만, 우울한 기억만 남긴 채로 시간이 흘러가 버렸다. 두 번째로 내게 오퍼를 준 대학교는 옥스퍼드 대학교(Oxford University)였다. 옥스퍼드는 내가 꿈에 그리던 대학교라 오퍼를 받고

나서 아주 신이 나서 방방 뛰었던 기억이 난다. 이제 면접만 잘 보면 꿈에 그리던 옥스퍼드 대학교에 입학할 수 있다는 부푼 희망에 또 잠을 설쳤다. 하지만 함정이 많고 어렵기로 소문이 난 옥스퍼드의 면접 문제들은 또 나를 좌절시켰고 두 번에 걸친 인터뷰에서 성급하게 대답하는 바람에 기회를 날려버려 터덜터덜 다시 학교로 돌아와야만 했다. 세 번째로 내게 오퍼를 준 대학은 런던 대학교였다. 런던 대학교는 아주 크고 멋진 정문을 가지고 있었는데 '이런 학교에 내가 다녀도 될까?' 하는 의구심이 들 정도로 좋은 학교였다. 하지만 나의 신경은 모두 옥스퍼드를 떨어진 데에 대한 죄책감과 나 자신에 대한 자괴감에 쏠려서 아주 침울했다. 그래도 그 때문에 런던 대학교의 면접을 더 신중히 보았는지도 모르겠다. 그리고 나는 런던 대학교에 붙었다.

그래도 나를 좀먹는 자격지심에 만족을 못 하였다.

체리

  내게 필요한 것은 한 그릇의 체리였다. 금방 씻어서 시원한 한 그릇의 체리. 검붉은 색으로 반질반질하게 빛나는 체리들. 입에 한 알을 넣고 이리저리 굴리다가 반쯤 베어 물면 진한 과즙과 딱딱한 씨가 나온다. 체리의 맛은 시고, 신맛은 더 진한 단맛에 가려져서 오묘하게 뒤엉킨다. "달고 시다."라는 표현으로는 체리의 맛을 전부 표현할 수 없다. 설탕과 식초만으로 체리의 맛을 만들 수 없는 것처럼. 다시 한 알의 체리를 입에 넣는다. 시큼하고 진한 단맛의 과즙이 입안 가득 퍼진다. 체리의 진한 맛이 입안을 채우고 침샘을 자극하는 중독적인 맛에 입은 금방 침으로 가득 찬다. 씨를 뱉는다. 그 과정을 반복하며 체리 한 그릇을 깔끔하게 비운다. 쌓여있는 것은 약간의 체리 살점이 붙어있고 살짝 체리 향이 나는 한 줌의 씨앗들과 아쉬운 마음뿐이다. 이러한 작은 과정들이 내가 살아있는 것을 느끼게 하는 일련의 과정이었다는 것을. 감사하고 또 감사해야 할 즐거움인 것을. 입안 가득 바늘이 돋아서 무언가를 씹을 때마다 바늘의 쇠 비린내와 흙 맛밖에 안 나던 음식들을 먹으며 감내했던 그 긴 시간들. 지금 이 체리들의 맛을 그때도 느낄 수 있었다면. 남을 용서할 힘보다, 나를 위한 한 그릇의 체리가 필요했다.

  항상 그렇고 지금도 그렇다.

제인

　제인(Jane)은 귀여웠다. 같이 있고 싶었다. G는 내가 정확히 '못생기고 힘이 약해서' 싫다고 했다. 그리고 내가 노리던 대학도 "너무 좋은 곳이라 네게 어울리지 않는다."라고 했다. 그리고 또 시간은 흘러갔다. 나는 무뎌졌으면 했다. 시간에 무뎌지고 사람에 무뎌지고 감정에 무뎌졌으면 했다. 하지만 점점 더 예민해져 갔다. 마치 나는 가만히 있는데 세상이 빨리 돌아가는 느낌이었다. 사포로 갈리면 맨질맨질해져야 할 내 살이었는데, 그게 아니라 살가죽이 벗겨져 나가서 아프고 또 갈면 또 살가죽이 벗겨져 나가서 아픈 그런 상처들이 상처들 위에 쌓이고 쌓여서 본래의 모습을 잊어 가는 듯했다. 빨리 진짜 사람과 만나고 싶었다. 왠지 대학교에 들어가면 모든 것이 해결될 것 같았다.

　마치 나는 피해자인 것만 같았다. 이 모든 것의 피해자. 이곳으로 내가 오게 되었던 이유도 내 탓이었고, 그로 인해 만난 일련의 사건들과 사람들 역시 내가 감내해야 할 내 삶의 일부였는데, 학교를 옮기지 않은 것도 내 선택이었는데, 그저 나는 남 탓을 하기에 바빴다. 그리고 나는 지금도 남 탓을 하고 있다. 어떠한 일에서 정말 내 탓이 하나도 없을 수가 있을까? 고민해 보니 그럴 수도 있겠다고 또 내 안의 다른 내가 나를 위로해 준다. 그때는 어쩔 수 없었다고. 정말 두 손으로 하늘을 가릴 수 있을 만큼 내 시야가 작았기에.

기말고사(Final exam)

　고등학교의 마지막 기말고사 시즌이 돌아왔다. 여전히 선생님들은 쓸데없었고, 특히 〈화학〉을 내 전공으로 선택한 이후에 화학 선생님이 나에게 큰 도움을 주기를 기대했는데 약간의 문제가 생겼다. 뚱뚱한 백인 여자였던 화학 선생님이 계단에서 굴러떨어져서 한쪽 다리가 박살이 난 것이다. 그녀는 이런 일을 치르느라 학교를 계속 빠지게 되었고 학교를 빠지는 동안에 서브 강사가 와서 강의를 해 주었다. 인도에서 온 어떤 여자 박사였다. 그녀의 수업은 오케스트라를 지휘하는 마에스트로처럼 깔끔해서 내가 중요한 것만 흡수할 수 있도록 군더더기 없는 든든한 받침돌이 되어 주었다. 졸업할 때까지 이 선생님과 함께라면 〈화학〉도 문제가 없을 것 같았다. 하지만 원래 선생님의 다리가 다 낫게 되면서 임시 강사는 떠나가 버렸다. 여기서부터 문제가 발생했는데 원래 선생님이 다치지 않은 한쪽 다리만 쓰다 보니 다른 쪽 다리가 또 부러져서 임시 강사가 다시 돌아왔다. 다시 다른 쪽 다리가 나은 원래 선생님이 몇 개월 동안 수업을 하러 다시 돌아왔고, 또 쓰던 한쪽 발이 부러져서 양쪽이 부러지고 낫는 과정이 6개월에 한 번씩, 3번이나 반복되었다. 반 학기는 확실히 알려주는 임시 선생님께 배우고 반 학기는 무슨 말을 하는지, 당신이 제대로 알고 있는지도 궁금할 정도의 선생님이 진행하는 그런 후진 수업을 들었다. 석이는 다리가 부러진 선생님이 좋다며 임시

입안 가득 바늘

선생님의 알짜 정리 노트를 버리고 자신의 페이스대로 공부하겠다고 했다. 결국 석이는 고등학교 졸업반 〈화학〉 과목에서 떨어지고 1학년 성적만 가지고 대학에 지원해야 했다.

그는 이해가 안 되고 불공평하다고 생각한 것 같았지만, 임시 강사에게 자신이 시험을 잘 보면 카레를 사달라는 둥, 졸업 학년 성적까지 합쳐서 최하점을 받겠다는 둥, 매사를 가볍게 생각한 그의 태도를 본 나는 당연하다고 생각했다. 나도 공부를 상위권을 유지하고는 있었지만 잘하는 편이 아니었던지라, 특히 영어가 달려서, 마지막 졸업 시험은 재시험에 재시험을 합쳐서 21개의 시험을 치게 되었다. 그 21개의 시험은 내 마지막 기회였다.

런던 대학교

G라는 여자애는 "너무 좋은 곳이라 네게 어울리지 않는다."라던 그 대학에 들어갔다.

석이와 같은 런던으로.

석이가 그렇게 깎아내리던 '그 대학'에(석이는 도시 변두리에 있는 작은 대학에 들어갔다).

묘한 기분이었다.

떠난다는 말에. 이제 이 지긋지긋한 곳에 다시는 안 와도 된다는 말에 더 이상 조회를 하러 성당에 나가지 않았다.

섭식과 최소한의 외출을 제외하고는 방 밖으로 나가지 않았다는 말이 더 맞을 것 같다.

그렇게 맛없었던 음식도 다시 맛있어진 것 같고.

입학하고 처음 며칠 동안만 갔었던 4시 티타임도 다시 가기 시작했다.

며칠 후에 졸업식이 있다는 말을 듣고 나는 그냥 한국으로 가버렸다.

부모님께 졸업식에 대해서 말씀드리지도 않았다.

이제 와서 졸업식 따위, 이따위 곳에 부모님을 부르고 싶지 않았다.

이 빌어먹을 곳에 다시는 발을 들이고 싶지 않았다.

입 안 가 득 바 늘

이곳을 벗어나고 싶었다.

50명 정도가 졸업했고 40명 정도의 중국인 중에서 35명 정도가 마지막 시험에 실패해서 아무 대학도 들어가지 못한 채 홍콩으로 돌아갔다.

너무 좋아서 나에게 어울리지 않는다는 그 대학은 사실 나에게는 분에 넘치도록 좋았다.

하지만 더 좋은 대학에 들어갈 수 있지 않았을까?

자책했다. 또 자해하고 취하기 위해서 술을 마셨다.

4시간 잘 것을 3시간 자면 됐을 텐데. 내가 최선을 다했었을까?

내 밑 빠진 마음속에 있는 자존심이라는 괴물이 더 커진 기분이었다.

- Part. 1 end

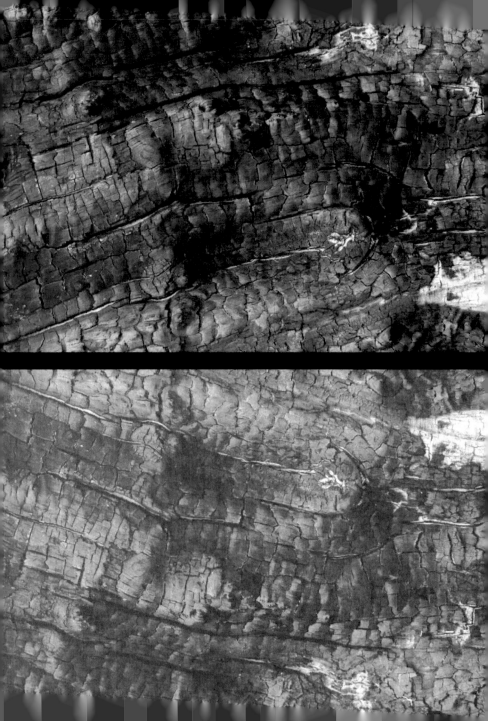

Part

❷

대학

처음 대학 생활을 시작했을 때 나는 머리를 희게 염색하고 밝은 단색 위주의 옷을 입고 다녔다. 대학에 들어와서 하고 싶은 것이 딱히 없었기에 외형적인 모습을 파괴하고 싶었던 것 같다. 정말 지금 생각해도 얼굴이 화끈한 그런 이상한 옷들을 입었지만, 금세 친구들을 사귀었다. 첫 친구들. 하지만 언어의 장벽과 또 공부의 스트레스 때문에, 또 고등학교 때 시달렸던 기억 때문에 가끔 서먹해지기 일쑤였다. 대학 생활은 역시 고통스러웠다. 그때의 일들은 내 인생에 큰 구멍이 뚫린 것처럼 기억이 잘 나지 않는다. 자해한 기억. 술을 마시고 길가 잔디 위에서 잔 일. 수많은 나와의 혼술. 그리고 배수로, 젖은 곳에 대한 광적인 반응들. 석이와도 대학교 입학 후 처음 2년 동안은 계속 만났던 것 같다. 맨날 시간 약속을 어기고 한 시간씩 기다리기가 일쑤였는데, 자신이 한 시간 멀리 사니까 당연히 나도 한 시간을 기다려야 된다는 말을 듣고는 내가 일방적으로 연락을 끊어버렸다. 그렇게 4년이 흘러갔다. 나 혼자만 있는 시간이 더 길었기에, 공부를 하고 밤을 지새우고 방문을 걸어 잠그는 게 일상이 되어버렸기에, 영어도, 한국어도 점차 퇴화해 갔다.

숨을 내쉴 때마다 기억들이, 슬픈 나 자신이, 싫었던 나 자신이 점차 사라졌으면 했다. 몸은 점차 말라 갔고 온몸이 자해 자국으로 가

입 안 가 득 바 늘

득한 내가 싫었다. 고통스러운 아침의 햇빛도 싫었고 차갑게 식은 시체 같은 저녁의 푸른빛도 싫었다. 4년쯤 되는 그 긴 시간 동안 내가 무엇을 했냐고 묻는다면, 나는 그저 존재했었다. 겨우 숨을 들이쉬고 내쉬며, 살아있음을 느낀다기보다는 죽음으로 한 걸음씩 더 가까워지는 느낌이었다. 이 시간이 끝나버렸으면 했다. 하늘도 잿빛이었고 내 창문 가득 보이는 풍경은 근 10m 앞의 건물로 막혀 있었다. 침대에 누워야 겨우 하늘이 있었다. 그 당시 내가 좋아했던 말은 "아직 하늘 있음."이었다. 말라 죽은 벌레들이 가루가 되어 사라지는 것을 보았다. 잠을 자면 추상적이고 화려한 색의 꿈을 꾸었다. 마치 누군가가 나를 더욱더 깊은 잠으로 끌어당기는 것 같았다. 벌레가 빛을 쫓아가듯이 더 잠의 세계를 바라도록 끝없이 깊은 잠을. 짧은 꿈에서나 볼 수 있는 그 색감들을 위하여. 테이프로 창문을 막고 커튼을 쳐서 빛이 아무 곳으로도 못 들어오게 하였다. 그때는 사나흘마다 한 번씩 방 밖으로 나갔을 때 저녁노을이 쨍하게 비추는 그런 나날이었다. 마치 태양을 처음 본 것처럼 온 세상이 노란색으로 가득 차 있었다. 머리가 핑 돌았다. '노란 세상에서 살고 있었구나. 세상은 단색이구나.'라고 생각했다. 내 꿈은 형형색색으로 가득 차 있는데 도대체 어디가 현실이고 어디가 꿈인가에 대한 의구심이 들었다. 그보다 내가 원하는 곳은 어딘가라는 의구심이 먼저 들었다.

답은 언제나 꿈속이었다.

한인회(Korean Society)

처음 수업 때 만난 존(Jon)은 말레이시아 사람이라고 했다. 하지만 영국에서 태어나서 자랐기 때문에 멋진 영어를 구사했고 내가 어떻게 생겼든, 머리가 희든, 옷을 바보같이 입든 개의치 않는 것 같았다. 그래서 우리는 금방 친구가 되었고 존과 같이 샌디(Sandy), 에바(Eva), 라베나(Lavena) 이렇게 5명이서 항상 붙어 다니게 되었다.

존은 항상 내 말에 귀 기울여 주었다.
에바는 항상 내 말에 웃어 주었다.
샌디는 항상 옳은 말을 해 주었다.
라베나는 분위기를 잘 맞춰주곤 했다.

처음 존과 만났을 때 들었던 수업은 안전에 관한 수업이었는데 보안경을 꼭 써야 한다는 것부터 시작해서 보호 장갑의 중요성 등을 다루는 수업을 진행했다. 나이가 엄청 든 할머니 교수님이셨는데 큰 캔에 불을 붙이기도 하고 유리 조각이 눈으로 튀어 큰 사고가 날 뻔한 이야기, 여러 사건·사고 등을 실감 나게 이야기해 주셨다. 하지만 우리의 관심사는 다른 곳에 있었다. 바로 'Society', 동아리 가입이었다.

어떤 동아리를 가입할까 고민하던 중 나는 스쿼시 동아리와 한인회에 가입하게 됐다. 한인회는 말 그대로 한국인들을 위한 동아리여서 외국인들이 가입하는 것을 그리 반기지 않는 것 같았다. 처음 OT 때도 그렇고 자국민들을 위한 동아리랄까? 물론 모든 나라별 동아리가 그렇듯이 타 국가를 배척하고 자연스럽게 자국인들만 남게 되는 그런 동아리였다. 내가 지금 와서 후회하는 것이 있다면 바로 이 한인회에 가입한 것이다. 우리 학교는 원체 덩치가 큰 학교라 사람도 많았고 한국 사람도 많았다. 한국 사람이 많다 보니 편한 한국 말만 쓰게 되고 한국 사람들끼리만 몰려다니니 결국 과 내의 교우관계도 좋아지지 않았다. 그래서 나는 내가 한인회에서 취할 수 있는 것만을 취하고 듣기 싫은 것, 하기 싫은 것은 하지 않았다. 그것 때문에 한인회 선배들의 미움을 사버렸다. 한인회라는 좁은 사회는 한국 대학보다 더한 똥 군기를 잡으며 선배니, 학번이니를 따지는 사회였다. 그래도 대학교 동아리라고 MT도 가고 축제도 열며 왕성한 활동을 펼쳤는데, 신입일 때는 술 마신 선배가 한 토 치우기, 학교 축제 찌라시 뿌리기 등 가장 더럽고 힘든 일만 시켜서 2학년이 되면 그대로 갚아 줘야겠다고 생각했다. 실제로 나중에는 그렇게 했다. 하지만 내 기분만 더러워질 뿐, 전혀 기분이 좋아지지 않았다. 하나둘씩 학교에서 과락을 맞는 선배들과 동기들을 보며 나는 저렇게 살지 말아야지 하면서도 나도 그렇게 물들어 버렸는지도 모르겠다. 한지에 스며드는 묵색처럼.

사람들

나는 한인회와 거리를 조금 둔 뒤 대부분의 시간을 화학과에서 만난 친구들과 보냈다. 즐거운 실험과 지겨운 공부는 균형이 맞았다. 하지만 내가 견디지 못했던 것은 외로움이었다. 외로움, 미칠 듯한 외로움에 나는 항상 무언가를 해야만 했다. 그것이 책이 되었든 혹은 나를 좀먹는 인간관계의 그 어떤 것이 되었든지 간에 말이다. 그러나 지긋지긋한 인간관계 때문에 나 스스로가 견디지 못하는 경우가 대부분이었다. 특히 언어에서 오는 장벽 때문에 부메랑처럼 한국 사람들을 갈구했고, 한인회에서의 약간의 초점이 나간 듯한 인간들과의 교우는 나를 더욱더 버티지 못하게 했다.

사람들은 무지했다. 사람들은 무례했다. 사람들은 겉멋이 들어있었다. 사람들은 나를 중요하게 여기지 않았다. 사람들은 가벼웠다. 사람들은 인생에 있어서 자신이 차지하는 무게의 중요성을 심각하게 여기지 않았다. 그래서 나는 죽고 싶었고 그래서 입안 가득 바늘이 돋아나 버렸는지도 모르겠다. 사람들이 툭툭 내뱉는 말 때문에 마음속 깊은 곳에 상처를 받았다. 사람들은 내가 얼마나 필요한 존재인지를 말했지만, 사실 너무나 티 날 정도로 관심이 없었고 사람들은 내가 얼마나 소중한 존재인지를 내게 알려주고 싶어 했지만, 소중한 내 물건 하나 제때 돌려주는 놈이 없었다(혹시나 이 글이 잘 되어 출판까지 간다면 내 스쿼시 라켓과 50만 원을 빨리 돌려주기 바랍니다. X 같은 것들아). 한인회는 정말이지 최악이었다. 최악. 하지만 나는 결코 탈출할 수 없었다. 한인회는 나의 족쇄가 되어서 나를 옭아매었다. 하지만 그래도 한인회의 편안함은 좋았다. 그들에게서 얻는 잠깐의 쾌락 같은 것이 있었다. 마치 내가 옛날에 석이에게 기댄 것처럼.

내 말이 온전히 통한다는 것의 소중함.

학년의 마무리

어떻게든 1학년을 마무리 지었다. 나를 포함한 내 영국 친구들은 다 2학년으로 올라갔지만, 한인회 사람들은 대부분 그러지 못했다. 시험은 무척이나 어려웠고 결과는 냉정했다. 나는 겨우 턱걸이로 학년을 마쳤다. 힘들고 정신없었던 1년이라는 시간이 매우 길게 느껴졌다. 앞으로의 3년은 또 얼마나 더 힘들지 까마득했지만, 한 번 발을 담근 이상 무조건 졸업해야만 했다.

많은 사람을 만나고 헤어졌지만, 마음에 꽉 들어차는 그런 친구는 없었던 것 같다. 언어에서 오는 높은 벽을 넘어서 적응했다고 생각했지만, 아직 먼 이야기인 문화의 차이들까지. 외로움이 가장 힘들었던 것 같다. 외로움이 첫 번째라면 두 번째는 배고픔이었다. 매달 받는 용돈으로는 학교에서 학식을 사 먹고 매일 다른 것을 요리해서 먹기가 힘들었고(물론 그럴 능력도 없거니와), 또 부모님께 돈을 더 부쳐달라고 하기도 싫어서 점심은 학식을 먹고 저녁은 간장이나 고추장과 밥을 먹었다. 나는 원체 음식의 맛을 못 느끼던 터라 대충 배를 채우고 끼니를 때운다는 개념으로 살았다. 푸석한 영국의 쌀과 간장. 가끔은 고추장, 가끔은 김 이런 식으로 먹었다. 라면을 먹으려 했지만, 수출용 라면은 내수품과 맛이 달랐다. 왠지 밍밍하고 느끼하다고나 해야 할까? 영국식 입맛에 맞춰서 맛을 조절한 것 같았다. 집에서 많은 라면과 식자재를 보내 주었지만, 그것도 잠깐 스쳐 지나가는 구급품에 불과했다.

한 학년씩 올라갈 때마다 많은 사람이 유급하거나 학교를 그만두었다. 악명 높기로 소문난 영국의 시험은 녹록지 않았고 나도 겨우겨우 페이스만 맞춰서 학년을 올라갈 정도였다. 아무리 공부를 해도 늘지 않는 성적이 내 두 어깨를 짓눌렀고 극심한 불면증과 대인기피증에 시달려야 했다.

대학의 마무리

　시간은 흘러갔다. 어쩔 땐 빠르고, 어쩔 땐 엄청 느리고. 하루에 2시간씩 잔 날이 파다했고 살은 점점 빠져만 갔다. 공부는 끝이 없었고 시험은 너무 어려웠다. 지금 와서 생각해 보니 내 인생에 구멍이 뚫린 것처럼 대학 생활에 대해서는 남아있는 기억이 없는 것 같다. 기억에 남는 일이라고는 창밖으로 잠깐씩 들어오던 햇빛과 그것을 막으려고 노력했던 일. 그리고 물리 화학 시험에서 백지를 냈던 일 정도랄까? 결국 졸업을 하고 졸업식도 했다. 행복하지 않았다. 그냥 살아남았다는 기억만 남아 있다. 석사모를 하늘 높이 던지며 생각한 것은 이제 또 더 높은 곳으로 올라가야만 한다는 생각뿐이었다. 자존감을 높이기 위하여 더 좋은 곳으로 가야 한다는 생각뿐이었다.

우울증 1

귀국 후에야 내 몸에 이상이 생겼다는 것을 알았다. 난 정상이 아니었다. 정상적인 생활을 할 수 없었고, 움직일 수 없었고, 항상 술에 취해 있었고, 머리는 돌아버리겠는데 귀에서는 누군가가 속삭이는 환청과 누군가 소리 지르는 환청이 들려서 잠을 잘 수 없었다. 기억이 안 나고, 입안 가득 바늘이 돋아서 독설을 쏟아내기 일쑤였고, 입안 가득 바늘이 돋아서 밥을 먹을 수 없었다. 나는 사람으로서의 의미를 잃었고 가치를 잃었으며 아무것도 아닌 존재가 되어버렸다. 아무것도 바라지 않고 아무것도 하기 싫은 존재. 내가 너무 싫었다. 나락으로 빠져버린 것 같았다. 내 마음속의 아수라가 나를 잠식해 갔다. 특히 심장을 칼로 찌르는 것 같은 느낌이 지속되어 정밀 검사를 받게 되었다. 이때 심장에는 아무 이상이 없다는 판정을 받고, 뇌에 할 수 있는 모든 검사를 전부 진행했다. 하지만 결국 결과는 "아무렇지도 않다."였다.

결국 택한 것은 정신과 검사를 받는 것이었는데 한참 동안의 설문지 검사를 마친 후에 결국 중증 우울증이라는 진단 결과를 받았다.

"겨우 우울증이라고요? 그럼 제가 완전히 건강하다는 말인가요, 선생님?"

"(우울 척도가 만점에 가까우시군요. 축하드립니다) 중증 우울증입니다. 당장 입원하시는 것이 좋겠습니다."

나는 이런 과정을 거치는 동시에 죽지 못해 살고 있었지만, 더 높은 곳으로 올라가기 위하여 박사 과정을 밟기로 결정했다. 서울에서 가장 좋다는 대학교, 가장 좋다는 팀에 들어갔다. 왜 그곳에 들어갔는지, 왜 내 전공과 아무 관련이 없는 그곳에 들어갔는지는 중요하지 않았다. 더 이상은 중요하지 않았고 그저 박사라는 타이틀이 갖고 싶었다.

"입원이요? 저는 박사 과정을 밟아야 하는데요."

"적어도 3개월은 병원에 계셔야겠습니다."

무엇인가 대단한 타이틀을 갖게 된다면 좀 더 행복할 것 같았다. 사실 행복이라는 건 당시의 내 삶에 없었지만, 다른 사람들이 나를 다르게 볼 것 같았다. 나를 우러러볼 것 같았다. 학생의 본분을 잊지 않고 공부에 매진하다 보면 또 긴 시간이 갈 것 같았고 더 나아질 것 같았다.

"방법이 없을까요? 그냥 활동할 수 있게 해 주세요."

"약을 강하게 처방하는 방법이 있습니다. 약이 좀 세서 그 약을 위해 위를 보호하는 약도 먹어야 하고, 우울증·강박증·공황 장애약도 같이 드셔야 합니다. 약을 드신다면 생활하는 데는 많은 지장은 없으실 겁니다."

"일주일 치인가요?"

"아니요. 3일 치입니다. 아침·점심·저녁·취침 전에 드시면 됩니다."

약은 또 다른 세계였다. 약으로 나았다고 하기에도 이상하고 또 약 때문에 더 나빠졌다고 하기에도 이상한…. 둘 다 맞는 말이었을까? 약을 먹지 않으면 생활이 안 되었고 약을 먹으면 완전히 혼이 빠져 산송장이 되어 버리는 그런 상태가 지속되었다.

우울증 2

우울증의 반대말은 절대 '행복'이 아니다. 그러나 행복의 반대말은 우울일지도 모르겠다. 네 잎 클로버가 행운을 의미하고 세 잎 클로버는 행복을 의미하듯이, 행복은 도처에 깔려있다. 행복을 못 찾았다면 우울할 수 있겠다. 행운을 못 찾았을 때는 불행할 수 있겠다. 우울증에 걸리면 일단 불행하다. 불행해서 운이라는 것이 없어진 것처럼 일상의 작은 것이 보이지 않게 되는 것이다. 더 나아가서는 평범한 일상을 영위하지 못하게 된다. 모든 일이 불행해져서 '왜 이런 식으로 세상이 돌아가지?'라고 생각하기도 하고 '옛날에 했던 내 행동에 대한 벌인가?'라고 생각하기도 하고, 나중에는 우울이라는 끈적끈적한 무언가에 덮여 버리는 것이다. 햇볕의 따뜻함이나 체리의 단맛을 느끼는 그런 작은 것에 감사할 줄 아는 상태. 혹은 감사까지는 아니더라도 사물을 제대로 볼 수 있는 상태가 우울의 반대인 것 같다. 그래서 우울증에 걸리면 불행하다. 모든 것이 제대로 보이지 않고 느껴지지 않으니 말이다. 우울증에 걸리면 더 이상 살고자 하는 감정이 없어진다. 나의 존재, 나의 의미 따위는 전혀 중요하지 않다.

그 작은 네 잎 클로버를 찾으며 도처에 널린 세 잎 클로버가 싫어지는 상황. 그러다 결국 클로버 자체가 싫어지는 그런 상황이 되어

버리는 것이다.

사실 행복은 도처에 널려 있는데도 말이다.

입안 가득 바늘

꿈

약에 취해서 자는 동안 사후 체험을 했다. 사람들이 줄지어 서 있었다. 순서를 기다리는 줄이 지평선의 끝까지 펼쳐져 있었다. 지평선 끝에는 거대한 모양의 건물이 있었다. 어찌나 크고 멀리 있는지, 희미하지만 웅장한 그 모습에 오금이 저릴 지경이었다. 거리는 검은 줄이 되어버린 사람들의 모습에서 가늠할 수 있었다. 영원히 닿지 못하리라는 것을. 이곳도 역시 사막이었다. 하늘은 흰색에 가까운 파란색이었고 커다란 호수가 눈앞에 펼쳐져 있었다. 목이 마른 사람도, 배가 고픈 사람도 없었다. 그저 기다릴 뿐이었다. 줄은 생각보다 빨리 줄어드는 것 같았지만, 거리를 생각해 보고 저 건물의 크기를 생각해 보니 영원히 닿을 수 없는 곳이라는 것을 어렴풋이 알고 있었다. '또 기다리는 꿈인가?'라고 생각하며 잠에서 깨었다.

나중에 내가 또 그 꿈을 꾸게 되면, 그 건물 문 앞에서 내 꿈이 시작될 것 같다. 그렇게 죽음을 원했는데, 눈앞에 그 웅장한 문이 떡하니 나타난다면 벌써 죽는 것이 무섭고 사람이 그립고 사랑을 하고 싶을 것 같다. 하지만 다음번에 그 꿈을 꾸게 된다면 그 꿈에서는 깨지 말았으면 좋겠다고 생각했다.

영원한 안식을 얻게 되면 좋겠다고 생각했다.

- Part. 2 end

Part

③

용사의 길 1

대부분의 소설이나 영화의 플롯은 이렇다. 약한 주인공이 어떠한 계기로 힘을 갈구하다가 한 번의 큰 좌절을 맛보고 그 후에 다시 악당과 싸워서 이긴다는 내용이다. 물론 큰 좌절이란 것은 인생에 빗대어 볼 때, 결혼의 실패일 수도 있고 도박의 실패일 수도 있으며 시험의 당락일 수도 있다. 또, 악당이 괴물일 수도, 혹은 사람일 수도, 그도 아니면 직장 상사일 수도 있지만, 큰 그림은 결국 그렇게 나아간다. 지금 좌절을 맛보고 있다면 앞으로 도약할 일만이 남았다. 지금의 좌절은 바로 다음에 나올 인생의 큰 그림이라는 것을 알고 지금 당장 좌절하기 말기를.

용사의 길 2

　방금 크게 좌절해서 부활했는데 사실 그것이 인생이라는 큰 영화의 계기일 뿐이라면, 앞으로 진정한 실패를 맛봐야 진짜 악당과 싸울 수 있다면 어떨까. 계기만 생기는 데도 이렇게 피를 말리는데, 앞으로 만날 악당들을 생각하면, 그렇다면 앞으로 계속 이야기를 이끌어갈 용기가 나겠는가. 앞으로 계속 생길 실패와 좌절들이 아직 자잘한 계기들일 뿐이라면 대체 악당은 언제 나오는 것일까. 누군가 정해 주었으면 좋겠다. "여기까지가 계기이고 여기가 너의 진짜 좌절이다. 이것만 극복하면 이제 악당을 만나서 물리치고 영원히 행복하게 살게 될 거야."라고.

　어른이 되는 것도 같은 이치인 것 같다.

　어쩌면 영원히 마음이 다친 아이로 살아간다는 것. 상처를 받아들이고 인정하고 살아가는 것. 그런데도 주저앉지 않는 것.

　그것도 몹시 아프겠지만, 결국은 그것이 살아가는 형태인 것 같다. 그것이 주인공이 영웅이 되는 진정한 과정이다.

눈

약으로 버티며 삶을 지속하는 일은 쉽지 않았다. 수업 시간에는 졸기 일쑤였고, 시간은 이상하게 흘러갔다. 마치 살바도르 달리의 그림 속의 시계처럼 올바르게 흘러가야 할 시간이 축 처질 때도 있었고 엄청나게 빨리 지나갈 때도 있었다. 한국의 대학원은 외국에서와는 다르게 학생 수가 어마어마하게 많았다. 지도 교수님과의 미팅도 일주일에 한 번, 4명이 한 팀이 되어서 들어갔는데 각자 발표 시간은 채 5분이 되지 않았다. 나 같은 신입은 할 말이 없어서 5분을 채우는 것도 힘들었고 내가 발표하지 못한 5분은 그대로 다른 사람에게 돌아갔다. 작은 방에 쌓여 있는 수많은 책과 논문들. 날카로운 표정의 교수님은 뵐 때마다 너무 무서웠다. 하지만 여기가 아니면 더 이상 아무 곳도 갈 데가 없다는 생각에, 아무 선택지가 없다는 생각에 기를 쓰고 버텼다. 그나마 다행이었던 것은 실험이 좋아서 실험실에 있는 것은 즐거웠다는 것이다. 하지만 전공이 완전히 바뀌어 버린 탓에 실험실에서 하는 실험과 내가 좋아하던 유기 용매의 냄새들은 맡기가 어려워졌다. 이해하기 힘든 논문을 찾아 읽는다든지, 아니면 읽는 척을 하고 있거나 했던 실험을 또 하고 했던 실험을 또 하며 시간만 때우기 시작했다. 아무 발전 없이, 아무런 의미 없는 행동을 반복했다.

약의 부작용으로 눈이 잘 보이지 않기 시작했다. 작은 글씨의 논문들은 읽기가 힘들었다. 게다가 외국에서는 학부와 석사 과정 프린트물은 전부 돈을 내고 뽑아야 했었기에 돈을 아끼기 위해서 한 쪽에 두 장 양면 인쇄를 해서 읽느라 더 글이 안 보인 이유도 있었다.

어느 날은 같은 실험실의 형이 나를 툭 치고 지나가며 말했다.

"왜 그렇게 작게 뽑아?"

"종이 아깝잖아요."

"눈보다 비싼 것 없다."

그런 무관심하지만 고마운 작은 말들에 많이 감동하고 쉽게 마음이 좋아졌다. 그래서 그날은 밖에 나가서 잠깐 울다 들어왔다.

날씨

이곳의 날씨는 이상하리만큼 다른 곳과 달랐다. 물론 관악산 중턱에 학교가 있어서 그랬는지는 몰라도 한겨울에는 밑의 공기보다 확실히 추웠고 한여름에는 밑의 공기보다 더운 듯했다. 날씨는 무심하리만큼 좋은데 나는 점점 더 나락으로 빠지고 있었다. 연구의 목적과 콘셉트를 정확하게 알지 못했기에 대체 무엇을 해야 하는지, 혹은 누구를 쫓아 가야 하는지, 내가 찾아야 하는지 전혀 알 수 없는 상황 때문에 이제는 담배에 손을 대기 시작했다. 내 인생의 첫 담배였다.

담배는 독했다. 몇 개비만 피워도 그다음 날 일어나기가 힘들었다. 손에 냄새가 배고 이가 누렇게 변하고 입에서 냄새가 나도 계속 담배를 피워댔다. 끝없이 나오는 담배 연기를 보며 내 걱정 좀 덜어가 달라고 빌었다. 하지만 내 걱정이 뭔지는 나도 몰랐다. 인생이 답답했다. 너무 답답해서 목구멍으로 음식이 넘어가지 않았지만, 담배 연기만은 부드럽게 목으로 흘러 들어갔고 졸음이 올 때, 쉼이 필요할 때, 몸이 피곤할 때, 나태해질 때, 정확히 말하면 자해해야 할 때마다 차라리 담배를 피우기 시작했다.

나는 자해를 처음 담배를 입에 댄 맛이라고 표현한다.
또, 자해는 담배 같은 맛이라고 표현한다.

담배는 중독성.

자해는 쉼표.

담배는 당근.

자해는 채찍.

자해는 중독성.

담배는 쉼표.

자해하고 담배.

담배 피우고 자해.

약

    교수님들은 정말 영어를 못 했다. 하지만 왜인지는 몰라도 계속 영어로 수업을 진행하였다. 나중에 알게 된 일이지만, 영어로 강의를 하면 교수들에게 가산점이 있다고 했다. 그것 때문에 학생들이 피해를 본다고 생각한다. 차라리 교수도 영어 시험을 치게 해서 학생만큼 점수가 나와야 영어로 수업을 가능하게 하는 게 낫지 않을까? 어쨌든 끔찍하게 하나도 알아들을 수 없는 수업들 때문에 시험이라도 볼라치면 나는 거의 반 미친 상태가 되어서 프린트물을 뒤적거렸다. 하지만 어차피 수업 시간에 단 하나도 못 알아들었기에 프린트물을 싹 외워 가는 고전적인 방법으로 덤벼서 겨우 B를 유지해 나갔다. 프랑스계 교수님도 계셨다. 문제는 그분의 수업도 알아듣지 못했다는 것이다. 프랑스계 교수님의 수업은 영어다운 영어를 쓰셨지만, 또 알아듣지 못했다. 자책감과 공부를 잘 못 했다는 죄책감까지. 그리고 수업을 알아듣고 질문하는 다른 친구들에 대한 시샘과 자격지심까지. 비참했다. 대학원에 있는 하루하루가 너무 비참했다. 그저 저녁에 컴퓨터 게임을 할 때나 점심에 도망 나가서 맛있는 것을 먹고 오는 시간이 제일 좋았다. 하지만 그것도 자책감이 들었다. 하라는 공부는 안 하고 딴짓만 하는 나의 모습을 보니 나 자신이 용납이 안 되어 밤에는 또 자해를 했다.

    그래도 그 기간이 좋았던 이유는 대학교에 재학 중이라는 이유만

입안 가득 바늘

으로도 아버지가 나를 가장 자랑스러워했던 시간이었다는 사실 때문이다. 하지만 내가 이곳에서 이렇게 버티고 있는 것은 오롯이 나의 의지도, 남의 의지도 아닌 나의 자격지심에서 비롯된 것이었다.

학교에 가기 싫어서 울었던 것이 초등학교 때가 마지막이었던가. 이제 대학원에 다니기 싫어서 울기 시작했다.
그러나 아무리 울어 봐도 선택지는 하나였다. 박사를 계속하는 것.

'계속 살아야 하는가?'라는 질문에 대한 답을 계속 고민했다.

계속 고민하다가 나온 답은 이러했다. 외국에서는 자해하면서도 잘 지냈는데 한국에서는 우울증 진단을 받고 나서부터 급격히 악화된 것을 보면 지금의 나를 조종하는 무엇인가가 바로 약이라고 생각했다.

약을 끊어내야겠다.
약을 한번에 끊어내면 괜찮을 거야.
이제 다시 뿌옇게 안개가 끼었던 내 머릿속이 깔끔하게 변하리라고 생각했다.
그리고 그날 저녁에 약 2개월 동안 먹었던 수십 알의 약을 다 버렸다.

미래

글을 쓰는 직업을 가지고 싶었다. 글을 꽤나 잘 쓴다는 소리를 들었고 나로 말할 것 같으면 왕년에 중학교 백일장 3연패를 달성한 대단한 인물이라, 화학 같은 것은 다 때려치워 버리고 인생을 백일장으로 살고 싶었다. 쓰고 싶었던 것은 소설이었다. 하루키 같은 멋진 소설을 쓰고 싶었다. 무관심하지만 매력이 넘치는 주인공에게 일어나는 멋진 사건들. 아니면 타란티노처럼 극작가를 하고 싶었다. 평범한 주인공이지만 말도 안 되는 사건에 휘말리게 되고 심장을 후벼 파는 대사를 아무렇지도 않게 툭툭 내뱉는 그런 스크립트. 베르나르 베르베르도 될 수 있을 것 같았고 나를 감히 단테에 비교할 수 있을 것도 같았다. 판단력이 흐려져서 여러 가지 건방진 생각들을 하다가, 모든 걸 내려놓을 바에야 차라리 하고 싶은 것을 하고 나서 자살하고 싶었다. 하지만 희고 넓은 A4 용지를 매일 채워야 한다는 압박감과 떨어져 가는 소재들, 특히 사람과 사람 간의 관계에 대한 이해가 부족한 나로서는 도저히 상황을 이어나가지 못했다. 머릿속에 있는 생각과 관념들이 대화에 녹아나야 하는데, 나는 내가 본 것을 묘사할 뿐, 내 관념과 생각이 녹아든 대화들을 지어낼 수 없었다. 결국 모든 것은 사람이 다인데 나에게 사람은 너무나 어려웠다. 내가 지향하는 곳과 나는 너무나 동떨어져 있었다.

인간과의 관계

왜 나는 내 안으로 숨어 들어가게 된 것일까? 아니면 왜 내 안의 새끼만 게 이렇게 커져서 결국 약물에까지 의존하게 된 것일까? 왜 내 주변에는 아무도 없었던 걸까? 왜 나는 주변 사람들에게 울타리를 쳤던 걸까? 상처받기 싫어서? 그따위 상투적인 이유 때문일까? 왜일까? 왜 나는 바늘을 잔뜩 두른 고슴도치 마냥 살게 된 것일까? 왜일까? 왜지? 이런 생각들을 하며 눈물을 짜내는 사춘기도 같이 와 버렸다. 이십 대 중반에 갑자기 찾아온 사춘기와 미래에 대한 걱정들까지, 머릿속이 깨질 것만 같았다. 행복을 찾아? 되지도 않는 글로? 우울과 상실, 자격지심과 에고(ego). 하드웨어에 넘치는 프로그램을 돌린 듯이 머리에 과부하가 걸렸다. 결론은 다 정리하고 자살하는 것이 제일 낫다고 생각했다.

관계 1

처음으로 여자 친구가 생겼다. 키도 크고 예쁘고 마음도 착했다. 최악의 상황에서 만난 여자 친구는 나에게는 구원자 같은 존재였다. 웃는 모습이 특히 예뻤었는데 본인이 유머러스한 성격이라 주변 사람들까지 빛이 나게 하는 그런 성격이었다. 하지만 이미 밑이 빠져버린 내 마음에는 그녀가 준 넘치는 사랑이 과분했었던 것 같다.

바닥

약을 끊은 직후부터 부작용이 시작되었다. 일단 잠이 오질 않았다. 머리 위에서 누군가가 쿵쿵 뛰는 느낌과 관자놀이가 죄어오는 느낌 그리고 끔찍한 환청까지. 누군가가 계속 나를 부르는 소리에 잠을 잘 수 없었다. 잠을 자려 하면 누군가 부르고, 잠을 자려 하면 누군가 부르고. 끝도 없는 환청과 환각. 꿈과 현실의 아슬아슬한 경계에서 나는 무엇을 찾고 있었을까? 무엇을 원해서 이러한 고통을 느끼게 된 것일까? 아니면 어디서부터 잘못된 것일까? 이런 고민도 사치일 정도로 정신이 없었다. 해가 뜨면 나는 다시 운전대를 잡고 학교로 향했다.

학교에 도착하자마자 어제 읽다 만 논문을 꺼내 들고 읽기 시작했다. 분명 영어이고 어제까지 읽던 글이었는데 단 한 글자도 읽을 수 없었다. 분명 알파벳은 읽히는데 전체 단어가 읽히지 않았고 뜻이 단 하나도 생각나지 않았다. 머릿속의 회로가 엉켜버렸는지, 분명히 내 몸은 살려달라는 사인을 보내고 있었다. 하지만 내 에고(ego)는 아직도 이 망할 박사 과정, 이 망할 학교에서 이 망할 하루를 보내야만 한다고 울부짖고 있었다. 서로 충돌하는 내 에고와 육체가 지쳐서 눈을 감고 잠시 쉬려고 했다. 눈을 감자마자 눈이 바로 떠졌다. 다시 눈을 감자마자 눈이 바로 떠졌다.

눈이 감기질 않았다. 온 힘을 다 주어서 앞이 빨개질 정도로 세게 눈을 감아야 겨우 눈이 감겼다. 눈을 계속 깜빡거리고 눈꺼풀이 부르르 떨리기 시작했다. 손이 바들바들 떨리고 식은땀이 나기 시작했다. 그때 멈추었어야 했다. 이 상황을 누군가에게 들킬까 봐, 책잡힐까 봐 동료들을 피해서 숙직실 비슷한 곳에 가서 누웠다. 또다시 환청과 떨리는 몸을 부여잡고 눈을 깜박이며 저녁까지 어떻게든 버텼다. 물론 나를 찾는 사람들이 있다거나 혹은 최악의 상황인 교수님이 나를 찾는다거나 하는 상황은 일어나지 않았다. 혹시나 그런 일이 생기지 않을까 걱정하는 나의 에고가 끝까지 나를 막아섰다. 동료에게 교수가 찾으면 나 좀 막아달라고 부탁했지만, 짜증을 내면서 그런 것은 직접 하라고 했다. 하지만 지금은 그런 것까지 하나하나 대들 수는 없었다. 지금 나는 당장 숨어야 했다. 어딘가 구석진 곳에 있는 나만의 울타리 속으로. 누군가에게 털어놓지도 못한 채 완전한 혼자가 되어 빛도 들어오지 않는 습한 숙직실 한구석에 누워서 저녁 시간이 오기를 기다렸다.

대충 해가 넘어가고 도저히 운전할 수가 없어서 버스를 타고 학교 병원에 찾아갔다. 내리막길을 내려가는데 지금까지 보았던 어떠한 경사보다 심한 경사도를 느꼈다. 수직으로 떨어지는 그런 느낌이라고나 해야 할까? 학교 병원에서는 무슨 일이냐고 물어보았고 대략의 자초지종을 설명했다. 갑자기 귀찮아져서 약을 끊었다고 했다.

"약을 언제부터 드셨죠?"

"한 3개월 되었습니다."

"약을 한번에 끊으시면 안 됩니다. 정신과 약은 특히 위험합니다."

"예, 그렇게 되었습니다. 선생님. 그런데 너무 힘듭니다. 저는 잘못한 게 없는데 왜 제가 힘들어야 하는지 모르겠습니다. 그냥 열심히한 것밖에는 없습니다. 그런데, 그런데, 선생님. 그런데…"

그날은 말을 잇지 못하고 지칠 때까지 울다가 약을 처방받고 다시차로 돌아와서 운전해서 집으로 향했다. 버스의 빛, 차들의 빛, 내비게이션의 빛들이 너무 눈이 부시고 아무것도 눈에 들어오지 않았다.눈의 빛 번짐이 너무 심해서 눈을 뜰 수가 없었고, 클랙슨 소리가 너무 커서 깜짝 놀랐다. 어떻게 집에 돌아왔는지는 모르겠지만 집에무사히 들어와서 침대에 다시 누워 첫 환청이 들렸을 때, 그때 들었던 생각은 이랬다.

'정말 내가 최선을 다해서 살았을까?'

내 머릿속의 괴물은 나의 에고였다.
그리고 이 부분에서부터 위스키와 수면제에 의존하는 생활을 하게 되었다.

　여자 친구는 밤마다 나를 만나러 와 주곤 했다. 아무리 힘들어도
옆에 있어 줄 것만 같았다. 같이 그네를 탔다. 나는 그네를 아주 잘
탔다. 어릴 때부터 그네를 좋아했다. 그네가 정지해 있을 때부터 몸
을 이리저리 움직여 그네가 탄성을 받아 앞뒤로 오가는 것이 신기해
서 온종일 그네만 탄 적도 있을 정도로 그네 타는 것을 좋아했다.
그네란 정말 멋진 것이다. 멋진 그네를 밤에 사랑하는 사람과 같이
타고 있으려니 그 시간만 기다려져서 위스키와 수면제의 삶을 살게
된 것인지도 모르겠다. 빨리 그 친구가 보고 싶다. 그 친구가 왔으
면…. 그러나 그사이에 그 친구가 얼마나 지쳐 가는지는 사실 나는
잘 몰랐었다. 그 친구는 빠르게 지쳐 가고 있었다.

시험

교수님께 말씀드리고 2개월 정도 쉬게 되었다. 쉬는 김에 군 면제를 받으려면 한국사능력검정시험 3급을 따오라고 말씀하셨다. 그렇게 쉬는 도중에 한국사능력검정시험과의 싸움이 시작되었다. 대부분의 시간을 잠으로 보내고 있었기에 내 몸은 이미 체중이 60㎏ 미만으로 떨어지고 피골이 상접해 버렸다. 서 있을 힘조차 없었고 누워서 자기에는 허리가 너무 아팠다. 아무 희망이 없는 삶을 살기 시작했다. 하지만 지금의 돌파구는 한국사능력검정시험이라 생각하고 시험을 치기 위하여 사는 삶을 살기 시작했다. 밤에 일어나서 24시간 운영하는 음식점에 가서 순대국밥을 한 끼 먹고 다시 잠들 때까지 〈한국사〉 공부를 계속했다. 닥치는 대로 〈한국사〉 책을 읽었다. 명강사의 인터넷 강의를 듣고 〈한국사〉 정리, 〈한국사〉 교과서, 〈한국사〉 문제집 등 시중에 나온 대부분의 책을 읽었다. 하지만 일단 언어의 장벽이 높았고 대체 왜 내가 동인과 서인에 대하여 알아야 하는지 이해가 가지 않았다. 하지만 언제나 그랬듯이, 동인과 서인에 대해 알아 가는 것이 내가 당장 살아가야 할 목표였다. 아무런 의미가 없는 생활, 술, 수면제, 〈한국사〉. 또 하루가 가고 또 하루가 갔다. 결국 첫 번째 시험은 2점 차이로 망쳐 버리고 말았다.

재수를 위하여 두 번째 달부터는 사 놓은 책을 다시 복습했다. 처

입안 가득 바늘

음 읽을 때는 샤프로 밑줄을 긋고 두 번째로 읽을 때는 지우개로 샤프를 지워 가며 읽고 세 번째로 읽을 때는 파란 펜, 네 번째로 읽을 때는 빨간 펜으로 중요하다고 생각하는 내용만 추려 가며 읽었다. 결국 빨간 펜으로 밑줄을 그었던 내용만 추려서 노트에 필사했다. 그렇게 나는 시험을 통과했고 군 면제를 받을 수 있었다.

그리고 BK 사업단, 그 이름도 거창한 Brain of Korea 사업단에 들어가게 되었다.

염병….

관계 2

그리고 그 친구는 비가 거세게 오는 어느 날 낮에 나를 떠나 버리고 말았다. 나는 차를 타고 있었고 별일 아닌 일로 싸우게 되었다. 나는 추리닝을 입고 있었고 그 친구는 예쁘게 차려입고 있었다. 자기를 만나기 위해서 내가 너무 대충 입고 나온다는 그런 이야기를 했다. 하지만 이미 그 친구는 며칠, 몇 주, 몇 개월에 거쳐서 서서히 지쳐 간 것이었고 이제 임계점을 넘어서 버린 것이었다. 아니면 이미 옛날에 임계점을 지나쳐 버린 것일지도 모른다. 임계점을 언제 지나쳐 버렸는지 따위가 중요한 건 아니지만. 중요한 것은 비를 맞으며 그 친구는 나를 떠나서 버스 정류장에서 잠깐 기다리다 버스를 타고 가 버렸다는 것이다. 나는 그 친구가 버스를 타고 가는 것을 백미러로 보며 화가 나 있었다. '옷 따위가 뭐가 중요하다고.'라는 생각뿐이었다. 내 생각뿐. 나에 대한 이기적인 생각뿐. 그 친구의 생각 따윈 하지 않은 채로. 멍청이.

MT

　MT에 가게 되었다. 공과 대학원의 학부생 및 대학원생 등 대학교 모든 인원이 모여서 버스를 타고 가는 연중 제일 큰 행사였다. 눈이 한참 내린 설악산이 보이는 멋진 곳에서 MT를 진행했다. 사회자로는 연륜이 꽤나 있어 보이는 교수가 무대에 당당하게 나와서 "여러분들은 이 학교에 들어오셨으니 인생의 반은 성공한 겁니다!"라고 외쳤다.
　그러자 청중들에게서 박수와 우레와 같은 환호성, 전율이 흘러나왔다.

　긴 시간의 오리엔테이션과 "교수님이 추천해 주시는 책은 무엇입니까?" 따위의 따분한 질의응답 시간을 거치고 방으로 돌아와서 술을 마시기 시작했다. 술 같은 것은 이제 지긋지긋했다. 술 게임과 텃세, 민사고를 나왔다느니, 외고를 나왔다느니 하는 학연, 지연, 등의 이야기를 지겹도록 들은 후에야 나는 비로소 담배를 피우러 나올 수 있었다.

　담배를 몇 갑 피운 후에, 난 여기서 나가야겠다고 결심한 것 같다.

관계 후 후폭풍

첫 여자 친구와의 이별 후, 후폭풍은 몇 주 뒤에 찾아왔다. 일단 그 친구 생각에 밥이 넘어가질 않았다. 먹으면 토하고, 울고불고해도 이미 떠난 마음을 돌리기에는 늦어 있었다. 내 상황에서 더 나빠질 수 있을까를 생각했었는데 확실히 더 나빠질 수 있었다. 어차피 못 먹는 밥도 먹으면 토하고, 먹으면 토하고. 그냥 눈물이 나고 세상이 유치하게 보였다. 왜 그때 잡지 않았을까? 비 오는 날에, 비 오는 날 낮에 그 친구가 초록색 버스를 타고 떠나 버리던 모습이 지워지지 않았다. 그런데 그 친구의 얼굴이 떠오르지 않아. 다시 과거로 돌아간다면 가서 붙잡았을까? 잡았겠지? 무릎이라도 꿇고 내게 네가 얼마나 소중한 존재였는지를 말해 주고 미안하다고 몇 번이나 말했겠지. 그래도 떠났다면 지금 같은 후회는 없었겠지?

탈출

"환자분은 중중 우울증이라 아마 군 면제 대상자일 겁니다. 그 부분에 대해서는 걱정하지 마세요."

"아니요. 면제는 이미 받았고요. 그래도 군대에 가려고요. 제가 잘할 수 있을까요? 약은 또 어떡하죠? 또 저번처럼 끊었다가 일 나는 것 아닐까요?"

"한번 줄여 봅시다. 몇 개월 남았죠?"

"한 달 정도요."

"극단적으로 줄여 봅시다."

장교 인터뷰

"왜 장교로 지원하고 싶습니까?"

"네. 일반 사병보다 더 큰 책임을 갖고 나라에 이바지해 볼 수 있는 기회라고 생각합니다."

"본인의 장점은 무엇이라고 생각하십니까?"

"네. 어디서나 잃지 않는 저만의 특유의 긍정적인 마인드로…."

"실패를 극복했던 경험으로는 무엇이 있나요?"

시험

입대할 때도 시험을 쳐야 한다. 과목은 〈국어〉, 〈수리〉 등이었다. 잘 기억은 나지 않지만, 제일 자신 있었던 과목은 〈한국사〉였다. '이걸 하려고 한국사능력시험을 쳤구나.'라는 인생의 큰 그림에 쓴웃음이 났다.

- Part. 3 end

Part

4

반대

교수님은 거세게 반대했다. 아니, 분노했다고 표현하는 게 좋겠다.

"너 장관 할 일 있니? 군대라니?"

그리고 BK 사업단 가입도 탈퇴하고 나는 입대를 결정했다. 여러 가지 이유로 군대를 피할 수 있었지만, 나는 지금까지 내가 나 자신을 위해 내린 첫 번째로 꼭 하고 싶었던 것을 하러 간다는 느낌에 단칼에 입대할 것이라고 말하고 교수님의 방을 빠져나왔다.

입대

"다녀오겠습니다. 체력 검정 보고 무슨 실기 시험 보고 떨어지면 집으로 보낸다네요. 한 일주일 정도 걸린다니까, 금방 올게요."라고 어머니께 인사하고 홀가분한 느낌으로 집을 나왔다.

그날 점심에는 알지도 못하는 부모님들에게 큰절하고 팬티까지 다 뺏겨서 집으로 보내지고 벌거벗은 채로 신체검사를 받고, 예방접종을 하고 머리를 삭발당했다. 나는 그날이 입대인 줄 몰랐다. 그렇게 '어, 어, 이건 좀 빠른데. 어머니께 전화드려야 하는데…' 하는 생각을 하며 입대해 버렸다.

3㎞ 달리기 15분. 부상자, 라식한 지 얼마 안 되는 사람을 간단하게 추려내고 시작된 체력 검정. 일주일 정도 걸릴 줄 알았던 체력 검정과 입대 준비라고 알고 있었던 체력 검정은 갑자기 세 달간의 고된 훈련으로 변해 버렸다. 훈련의 강도는 아주 높았다. 결국 어리둥절해 하다가 내 군 생활이 시작되어 버린 것이다. 장교는 사병과는 다르게 항상 선택권이 있었다. 언제든지 포기할 수 있는 선택권이 있었다. 언제든지 소대장에게 지금 포기하겠다고 말하면 집으로 돌아갈 수 있었다. 하지만 이제는 나에겐 또 물러날 수 없는 절벽이 뒤에 있었다. 이대로 돌아가면 다시 학교로 돌아가야 하는 것이다.

첫날의 바쁜 일정을 소화해 내고 그 뒤로 7일간은 아무 일도 일어나지 않았다. 간단한 신원 조사와 행정적인 일을 하느라 소대장들이 바빠서 우리를 가만히 내버려 두었나 보다. 줄을 서서 피복류를 받고 줄을 서서 총기류를 받고 줄을 서서, 줄을 서서, 줄을 서서 끝도 없이 360명이 모든 생필품을 받을 때까지. 오이 비누 1개도 틀리지 않게. 점심때는 삼계탕이 나온 적도 있었고 음료수도 시원하게 나왔다. 본격적으로 훈련이 시작된 후로는 삼계탕은 구경도 못 해 보았지만, '아, 여기도 살 만 하구나.'라고 생각했다.

그래도 기분은 정말 뭐 같았다. 이곳에서 3년 3개월을 보내야 한다니….

3년 3개월이라. 앞으로의 시간이 너무 길고 실감이 나지 않았다. 3년이면 학사 학위를 하나 더 딸 수도 있고 3년이면 박사 과정의 반을 넘게 할 텐데.

전화기도 이미 다 뺏기고….
아, 어차피 전화할 사람이 없었지.
어머니께 일주일보다 길어질 거라고 이야기해야 하는데.
걱정하시면 어떡하지?

훈련

 05시 50분이면 저벅저벅 저벅가가 울린다. 팡파르 소리와 함께 360명의 후보생은 창문을 열고 환기를 시키고 일어나서 옷을 체력단련복으로 갈아입고 오와 열을 맞추어 연병장에 집합하여 인원수를 맞추고 06시까지 차려 자세로 대기하면 모든 준비가 끝난다. 처음에는 인원수를 계산하는 것도 힘들어서, 또 늦게 나오는 사람이 있어서, 또 동기 부여(벌)를 받기가 싫어서 계속 인원 체크를 해댔다. 물론 소대장 근무 후보생만 열심히 인원을 세고 줄을 서 있는 나머지 소대원들은 누가 아직도 안 나왔나만 생각하며 발을 구르고 있었다. 항상 모자를 잊어버리고 안 쓰고 나와서 되돌아가는 후보생이 문제였다. 모자를 안 쓰고 나오면 또다시 동기 부여를 받았다. 동기를 부여받는다는 아름다운 명목의 체벌이었다. 이제 머리를 박는다거나 하는 가혹행위들은 없어지고 대부분 팔 굽혀 펴기로 동기를 부여받았다. 동기를 부여받으면 마법처럼 몸과 마음이 정화되어 부지불식간에 되지 않았던 여러 가지 일이 해결되었다. 인원 체크라든지, 제식이라든지…. 소대원들은 대부분 착했다. 웃기고 난장판이었다. 다 자란 남자들끼리의 합숙 훈련. 그것도 3개월이라는 긴 시간은 아무리 지루한 교육이라도, 힘든 훈련이라도 같이 웃고 넘어갈 수 있었던 그런 시간이었다. 약을 끊는 데서 오는 걱정했던 부작용이나 금연에서 오는 부작용은 생각보다 없었고 몸이 너무 힘든 과정 속에서도 머리는 맑았다. 사람이 그리웠던 것이었을까? 몸도, 마음도 피곤했던 지난 몇 년간의 일들은 힘이 넘치고 같이 땀을 흘린 동기들 덕분에 생각조차 나지 않았다. 항상 형들과 동생들에게 둘러싸여서 말도 안 되는 농담을 하고 말도 안 되는 행위들 때문에 함께 동기를 부여받고, 서로가 진지한 모습으로 훈련에 임하는 것을 보며 웃음을 참아야 했다. 우리는 하이에나 떼처럼 킬킬대기 바빴고 가끔은 소대장들도 한심한 우리 때문에 웃음을 참는 일이 많아졌다. 훈련 기간이 지나갈수록 우리에게 허용되는 것들이 많아졌고 훈련의 강도도 더 세졌다. 죽음의 전투 구보(뜀걸음)에서는 완전 군장을 메고 3㎞를 뛰는 바람에 혼절하기도 했었고 행군 때도 몸이 약한 나는 발바닥 전체가 물집에 뒤덮이고 무릎 양쪽에 다 문제가 생겼었다. 그래도 즐거웠다. 모든 것에서 벗어난 홀가분함, 속세와의 단절, 가끔 소대장이 들려주는 흥미진진한 사회의 뉴스들, 동기 부여를 받으며 오늘 땅의 거칠기를 점수로 매기던 형까지. 우리는 말도 안 되는 짓을 하며 말도 안 되게 많이 웃고 떠들고 그에 대해 동기를 부여받았다.

행복했다. 이렇게 행복해도 되나 싶을 정도로.

이렇게 행복할 자격이 있나 싶을 정도로.

하지만 나의 에고가 말을 걸어왔다.

너의 진짜 세계는 여기가 아니라고.

네 진짜 세계의 경쟁자들은 벌써 훨훨 날아가고 있을 거라고.

마음 한구석의 에고가 나를 다시 물 밑으로 잡아 당겼지만, 이제
는 든든한 동기들이 나를 붙잡아 주었다.

3개월은 정말 너무나도 짧았다.

물론 다시 하라면 안할 거지만.

2.3초

　3개월간의 훈련 중간에 2박 3일 동안의 휴가를 받았다. 중대장은 휴가 가서 제일 쓸데없는 일이 동기 또는 군인을 만나는 일이라고 했다. 우리는 모두 킥킥대며 항상 집합 이후에 외치는 구호인 "명예, 정의, 충성, 필승, 야!"를 외치고 관광버스에 올랐다. 2.3초라고 불리는 휴가는 유격을 끝내고 잠시 속세로 돌아갔다 오는 그런 시간이었다. 진주 교육사에서 서울로 가는 도중에 잠깐 들린 휴게소에서 나는 오랜만에 속세의 수제 핫바가 먹고 싶어서 줄을 서 있었는데 동기 형이 내 손을 급하게 붙잡고 지금 그게 중요한 게 아니라며 나를 휴게소 뒤편으로 끌고 갔다. 휴게소 뒤편에는 장관이 펼쳐져 있었다. 수십 명의 동기가 담배 연기를 뿜어대며 감탄사를 내뱉고 있었다.

　"그래, 이 맛이지!"

　그 형이 내가 맨날 피우던 맨솔 향이 나는 담배를 고맙게도 내 호주머니에 한 갑 꽂아 줬다. 처음 담배를 입에 물 때처럼 긴장하며 훅 들이마셨다. 역한 맛이 돌고 어지럽고 짜릿했다. 하지만 대학원 때 피던 그런 맛이 나질 않았다. 걱정을 내뱉는 맛, 한숨을 푹 내쉬는 맛, 그런 것 따위 없이 그냥 역했다. '이제 담배는 나에게 맞지 않구나. 걱정이 없으니 담배도 맛이 없구나.'라고 생각했다. 대체 무슨

입 안 가득 바늘

맛이지?

"형. 아, X나 맛있네요."

그렇게 말했지만 속으로는 더 이상 담배도 즐겁지 않고 한 대를 다 못 필 정도로 역했다. 나는 다시 훈련소로 돌아가고 싶었다. 웃고 떠들고 싶었다.

집에 돌아와서 제일 처음 들은 말은 "옷에서 땀에 전 냄새가 왜 이렇게 나냐?"라는 말이었다. 항상 맡던 냄새라 알아차리지 못했지만, 확실히 땀에 전 냄새가 났고 오랜만에 천천히 샤워하면서 군대의 냄새를 씻어냈다. 군복도 다시 향긋한 섬유유연제를 넣고 빨았다. 그리고 옛날에 집으로 보낸 소포에서 내 핸드폰을 꺼냈다. 부재중 0통, 메시지 0통. 어차피 쓸데도 없는 핸드폰 따위. 약간 슬펐지만, 그래도 다시 돌아간다는 생각에 들떴다. 그날은 밤새도록 얼마나 훈련소가 멋진 곳이며 동기들은 다 친절하고 재미있는 사람들인지에 대해서 부모님께 떠들어댔다.

2.3초는 과연 2.3초였다. 2박 3일이 순식간에 지나고 다시 진주로 돌아가는 버스는 또 얼마나 짧은 시간이었는지. 교육 사령부에 다시 도착해서 철저한 짐 검사를 받고 클라이맥스로 치닫는 우리의 훈련을 위해서 오자마자 다시 받을 줄 알았던 어마무시한 동기 부여는

그날은 없었다. 잠깐 즐기고 온 영외의 생활에 관한 여러 생각이 겹쳐서 잠을 설칠 줄 알았는데 05시 50분에 정확히 울리는 저벅가와 함께 눈을 떠서 우리는 모두 달려 나갔다. 오와 열을 맞추고 인원 점검을 하고. 처음의 집합보다는 너무나 빨라지고 모두 여유가 생긴 모습이었다. 처음에 긴장된 모습들은 이제 온데간데없고 모두 저벅가와 함께 속세의 해이해진 모습을 털어낸 모습이었다. 하지만 다들 킥킥대며 같은 말을 내뱉었다.

"아, 씨X. X같네."

"0중대 0소대부터 식사를 진행한다. 모두 헤쳐!"
"명예, 정의, 충성, 필승, 야!"
또다시 훈련이 시작되는 구호였다.

화생방

화생방 훈련은 정말 최악이었다. 숨이 턱 밑까지 차오를 때까지 구보와 제자리 뛰기, 팔 굽혀 펴기를 시키고 최루탄의 안개로 뿌옇게 되어버린 화생방실로 우리를 집어넣었다. 처음 느낌은 '후추가 코로 넘어오네. 버틸 만하네.'였다. 하지만 거기서 방독면을 벗으라고 해서 방독면을 벗자마자 누가 내 배를 세게 때린 느낌이 들었다. 너무나 고통스러워서 앞으로 고꾸라졌고 누군가 군화로 내 손을 밟았는데 숨이 안 쉬어지는 느낌에 군홧발에 밟힌 손의 느낌이 아무렇지도 않았다. 동기들이 나를 끌어올려 주고 다시 일어서게 해 주었다. 누군가가 표현했듯이 유리 조각이 목으로 넘어오는 느낌이었다. 숨이 쉬어지지 않아 꺽꺽 소리밖에 안 나는 상황에서 군가를 부르라고 시켰다.

"자, 군가 시작. 〈멋진 사나이〉!"

"멋! 켁켁켁!"

이런 식으로 군가를 아무도 완주하지 못한 채로 화생방실을 나가게 되었다. 줄을 서서 나갔는데 내가 거의 마지막 줄이라 안개 속으로 보이는 천국 같은 빛이 너무나도 그리웠다. 그 짧은 시간에도 먼저 밖으로 나간 후보생들이 부러웠으며 별생각이 다 들었다. '뛰쳐나

가고 싶다.' 내 차례가 돌아와서 우리 줄이 밖으로 나온 후 처음 맛본 공기에는 햇빛의 냄새와 풀들의 냄새, 흙의 냄새 등이 섞여 있었다. 한 줌의 맑은 공기가 주는 이 안정감, 행복감은 가끔의 행복은 우리 주변에 흔하게 있다는 것을 알려 주는 세 잎 클로버와 같다고 생각했다. 눈물과 콧물로 범벅된 서로의 모습을 보면서 우리는 또 킥킥대고 서로를 걱정해 주었다. 우리는 정상으로 돌아오자마자 누가 도망쳐서 다시 잡혀 들어왔다는 둥, 그 조는 다시 해야 한다는 둥 또 서로의 무용담을 나누며 웃고 떠들었다. 나는 군홧발로 밟힌 이야기와 나를 일으켜 주어서 고마웠다고 말했다.

행군

행군도 정말 죽을 맛이었다. 새벽 03시에 비상 사이렌과 함께 20 kg쯤 되는 완전 군장을 메고 총까지 든 채로 방탄모와 탄띠를 메고 백몇 ㎞의 행군이 시작되었다. 죽을 둥 살 둥, 까딱하면 죽을 것 같은 깔딱 고개를 넘어서 숲속을 헤치고 가끔은 방독면을 쓰고 공포탄을 쏘기도 하고, 댐을 지나고 호수를 거치고 도심을 거쳐서 걷기를 3일. 발은 물집이 잡히고 쓸리고 해서 엉망이고 양쪽 무릎도 통증으로 절뚝대는 데도 내가 버틸 수 있었던 건 역시 말도 안 되게 웃긴 동기들 덕분이었다. 소대장들도 그때만큼은 우리와 함께 농담도 하고 장난도 쳐 주었다. 몸이 너무 안 좋은 동기들이 낙오하고, 바람이 너무 많이 불어서 소대 깃발을 든 형도 낙오하고, 동기들이 하나둘씩 낙오해도 소대장들의 격려와 대대장님의 격려를 들으며 씩씩하게 한 걸음씩 걸어 나갔다.

한 걸음, 한 걸음이 천근만근이었지만 결국에는 한 걸음 내디디면 한 걸음 가까워진다는 것을, 한 걸음, 한 걸음이 결국은 지름길이고 결국은 목적지로 가는 길이라는 것을 사무치게 깨달았다.

서로 무거운 군장을 들어 주기도 하고, 총을 나눠 들어 주기도 하고 꼼수를 부려서 총을 가방에 끼우기도 하며 완주를 위해서 별수를 다 썼다. 결국 나 같은 약체도 행군을 마치고 군가를 부르며 귀환할 수 있었고, 훈련소의 모든 교관이 나와서 우리를 축하해 주었다. 박수를 쳐 주고 교관들이 끝없이 숙소까지 늘어진 길을 따라서 지나가는데 나는 눈물이 날 것 같았고 온몸에 소름이 돋았다. 결국 이 모든 훈련이 행군으로 귀결되는구나. 마지막 훈련인 행군을 마치고 세면·세치 후 우리는 절뚝거리며 식당으로 향했다. 식당에는 교육 사단장님이 계셨는데 닭고기와 뷔페 등이 진수성찬으로 차려져 있었고 우리는 맥주와 사단장님이 따라 주시는 위스키를 마시고(박스로 위스키를 쌓아놓고 한 잔씩 우리 모두에게 따라 주셨다) 또 무용담을 늘어놓았다. 소대 기수를 했던 형 걱정, 낙오했던 누구 걱정, 깔딱 고개에서는 어땠는지, 수통이 비어서 서로 나눠 마신 물, 물은 미리 마셔야 한다는 둥, 나눠 마셔야 한다는 둥. 하나도 안 힘들었다는 허세, 당장 다시 행군 가겠다는 농담까지. 왁자지껄한 분위기에 취해서 모두 하나가 된 느낌이었다.

진정 나에게 필요한 것은 소속감이 아니었을까?

누군가와 함께 있다는 느낌과 누가 나를 지켜 주고 있다는 느낌.

지금까지는 내가 쓰러지면 끝이었지만, 이제부터는 내가 쓰러져도 누군가 뒤에서 잡아 준다는 느낌.

끌어올려 준다는 느낌.

나 또한 누군가를 위해서 등을 밀어줄 수 있다는 느낌.

넘어진 동기에게 손을 내밀었을 때 혼자만 가질 수 있는 자랑스러움.

그 형처럼 튼튼한 사람도 넘어질 수 있구나.

나 같은 것도 형을 끌어올려 줄 수 있구나.

형은 이 일을 잊어버릴지라도 나는 기억할게. 내가 누군가에게 손을 뻗을 만큼 그 작은 시간 안에 성장했다는 것을.

술과 흥에 취할 때쯤 우리는 또 연병장에 모여서 후보생 신분으로 돌아가는 구호를 외쳤다.

"명예, 정의, 충성, 필승, 야!"

훈련소 3대 훈련

훈련소 3대 훈련이라고 하면 대부분 화생방, 행군, 유격이라고 알고들 있는데, 사실은 화생방, 행군, 임관식 연습인 것 같았다. 화생방은 너무나 무서운 훈련이었다. 행군은 죽기 직전까지 걷는 훈련이었고, 유격 훈련은 나에겐 차라리 괜찮았다. 아무 생각 없이 동작을 따라 하다가 끝나 버리니까. 하지만 힘들었던 것으로만 따지면 역시 임관식 연습이 제일이 아니었을까 한다. 한겨울에 360명이 끝없이 오와 열을 맞추고 작은 못을 박아 정확히 왼발 앞굽에 오게 하는 과정이 하루, 뒤에서부터 걸어 나와 못 앞에 정확히 서는 연습이 한 일주일 정도, 노래를 부르며 걸어 나오는 것을 연습하는 것이 또 며칠. 같은 것을 반복하고, 반복하고, 반복했다. 경례하는 것도, 모자를 쓰는 위치와 손의 각, 차려 자세, 용모, 넥타이, 수상자, 심지어 마이크 줄의 각까지 모든 것이 90도 아니면 45도를 맞출 때까지 끝도 없이 각을 맞추고 각을 쟀다. 가장 외롭고 힘든 훈련은 바로 임관식 연습이었다. 한 명이라도 틀리면 다시 걸어 나오고 군가를 부르고 경례를 하고, 밥을 먹으러 잠시 식당에 들렀다가 다시 나와서 임관식 연습을 하고. 이제는 서로가 서로를 도와서 1을 만드는 후보생이라기보다는 이제 서로에게 폐를 끼치지 않도록 각자 1인분을 해내는 한 사람의 소위가 되어서 임무를 수행해야 하는 것이었다.

임관식

지금까지는 05시 50분이면 후보생들은 기상 후 창문을 열고 세면·세치를 했었다면 그날만은 달랐다. 그날은 360명의 소위가 창문을 열고 세면·세치 방송이 나오는 데도 모두 환호성을 질렀다.

매 순간 소름이 돋았고 매 순간이 새로웠다.

임관식은 깔끔하고 매끄럽게 끝났다.
어머니와 할아버지가 오셔서 철제 소위 계급장을 달아 주셨다.
아버지는 장교 반지를 사 주셨다.
참모총장님이 "집으로 헤쳐!"라고 외치고 우리는 마지막으로 "명예, 정의, 충성, 필승, 야!"를 외쳤다.

내 모든 인생을 걸고 최고로 내가 자랑스러운 순간이었다.
꽤나 의미 있는 일이었고 잊을 수 없는 슬로건이었다.

명예와 정의, 충성과 필승. 이제 앞으로 3년을 버틸 무기였다.
새로운 일이 펼쳐진다는 생각에 마음이 두근거렸다. 이제 무엇이든지 할 수 있다고 생각했다. 마치 어두운 동굴 안에 새싹이 피어오르는 기분이었다.

자대

　자대 배치는 공군에서 제일 크다는 대구 비행장의 작은 사령부로 받았다. 화생방을 담당하는 직위였는데 제대가 가까워져 오는 깐깐한 중위 선배 한 명과 소령 계급인 과장과 중사 계급의 부사관, 이렇게 세 명만 있는 작은 곳이었다. 하지만 우리가 관장해야 하는 부대는 네 곳의 부대였고 그곳의 실무 부대의 대소사를 알아야만 했다. 웃기지만 이렇게 거창하게 말을 해서 그렇지, 일을 만들어서 하지 않는 이상 일일 보고와 주간, 월간 회의를 빼면 거의 할 일이 없는 그런 천국 같은 곳이었다. 내가 느끼기에는 마지막 파라다이스 같은 곳이었다. 멍하니 하루를 보내다 보면 하루가 끝나고, 밥을 먹고 사람들과 농담 따먹기를 하다 보면 또 일주일이 가는 식으로 한 달이 지나갔다. 책잡힐 일을 만들지 않는 이상 그렇게 하루하루가 지나갔다. 하지만 너무 할 일이 없다 보니 나의 급박했던 밖에서의 삶이 다시 두려워져서 불안해지기 시작했다.

　훈련소에서의 긴장이 풀려서이기도 했지만, 나의 망상 때문에 급격하게 체중이 줄기 시작했다. 70kg 가까이 되었던 체중이 60kg을 지나서 58kg까지 빠져 버렸다. 나를 아는 사람도 한 번에 내 얼굴을 못 알아볼 정도로 살이 빠져 버린 것이다. 피골이 상접해서 광대뼈가 툭 튀어나왔고 허리띠는 아무리 졸라매도 바지가 계속 내려갔다. 다시 자해를 하는 생활을 계속하다 결국 나는 자살을 결심했다. 내가 있을 곳이 과연 여기인가. 내가 알던 동기들은 열심히 공부해서 훨훨 날아가고 있을 텐데, 나는 밥이나 먹고 멍 때리고 낮잠이나 자며 하루하루를 낭비해도 되는 걸까. 매일 새벽까지 동기들과 게임을 하다 문득 혼자 쓸쓸해서 술이 마시고 싶어서 막걸리 한 병을 들고 집으로 돌아왔다.

그 막걸리 한 병이 또 어마어마한 파급 효과를 불러일으킬 줄은 그때는 몰랐었다.

다시 자해

삼 개월쯤 후.

막걸리 한 병을 다 비우자 인생이 너무나 허전해졌다. 나를 지켜주는 사람들이 있지만, 내가 가진 문제들에 대해서는 아무런 소용이 없다고 생각하니 화가 났다. 이런 세상에서 나 홀로 뒤처지고 있다니 화가 났다. 다 같이 군대에 왔고 전역할 것이지만, 그것은 남의 이야기이고 나는 다른 종류의 똑똑한 인간이라 공부를 해야 하는데 이렇게 술이나 마시고 있자니 화가 났다. 열이 치밀어 올랐고 담배가 다시 피고 싶었지만, 내가 가진 것은 어디서 악마가 주었는지 모를 커터 칼뿐이었다. 그 더러운 1인실에서 두 명이 거의 비집고 들어가 한 명은 땅바닥, 한 명은 침대에서 순번을 정해서 잤었는데 거기에 어디서 나타났는지 모를 커터 칼이 있었다. 아마 막걸리를 사면서 내가 샀을 수도 있고 기억은 안 나지만 정말 악마가 나타나서 내 손에 쥐어주었을 수도 있다. 시원하게 긁었다. 시원스럽게 긁다 보니 피가 베개를 축축하게 적셨다. 이불도 축축하게 적셨다. 내 룸메이트가 돌아와서 내 꼴을 보고는 결국 이 사달이 날 줄 알았는지 다른 동기 형을 불렀다. 그 형은 와인 한 병을 가져왔고 와인 따개가 없어서 와인병을 깨서 또 나에게 술을 주었다. 그리고 한바탕 이야기판이 벌어졌다. 빌어먹을 세상에 대해서, 또 나에 대해서. 이기적이지만, 나는 그날 내 이야기만을 안주 삼아서 마시고 싶었다. 내가 얼마나 우월한 존재인데 이런 곳에 있어야 하는지에 대해서. 결국 술을 다 뺏기고 오늘은 혼자 있고 싶다고 말하고 룸메이트에게 담배 한 갑을 사 오라고 하고 누워서 생각했다.

'아, 오늘이 날인가 보다. 오늘 죽어야겠다.'

앞으로 수많은 자살이 기다리고 있다면 이번은 내 첫 자살 시도였다. 천천히 죽는 것을 택하기보다는 한 번에 확 죽을 수 있는 방법으로. 자해를 하다 보니 이번에는 확실히 손목을 그을 수 있다고 생각했다. 한 번 눈 딱 감고 사선으로 긋는 연습을 수없이 했으니까. 이제 손목을 스윽 긋기만 하면 처음에는 조금 아프겠지만, 확실히 죽을 것으로 생각했다. 그날 밤에 술을 진탕 마시고 자해를 시작했다. 그리고 결심이 선 그 순간 손목을 향해서 팍 하고 커터 칼로 그어버렸다. 다행히도, 혹은 불행이었을지도 모르지만, 얕게 베인 탓에 피는 사방으로 튀었지만 이것으로 죽을 것이라는 생각은 들지 않았다. 실망감과 함께 솟구치던 아드레날린이 사그라지면서 어마어마한 고통이 찾아들었다. 피는 계속 나오고 있었지만, 직감적으로 내가 죽지는 않겠다는 생각에 눈물이 났다. 원통했다. 죽지도 못하는 나 자신이 비참하고 원통했다.

그리고 기억이 잘 나지는 않지만, 국방 자살 헬프 센터에 전화를 했던 것 같다. 그리고 깊은 잠에 빠졌다.

후폭풍

 지끈지끈한 머리를 들고 아침에 일어나서 샤워를 했다. 팔에서는 심장이 뛰는 것처럼 두근두근 떨리는 것이 느껴졌고, 분홍색 물이 바닥에 보였다. 샤워기에서 나온 물이 팔을 훑고 지나갈 때의 고통은 짜릿했다. 자해하면 제일 좋은 점이 무엇이냐고 묻는다면 바로 다음 날 샤워를 할 때다. 차가운 물을 통해서 느껴지는 상처의 청량한 느낌. 하지만 그날 아침은 상처가 깊었는지 아직도 핏물이 배어 나오고 있었고 너무나 아팠다. 또 나의 빌어먹을 이불과 어디선가 빌려온 베개는 더 이상 못 쓸 정도로 피범벅이 되어 있었다. '이걸 어떻게 돌려주지.'라는 현실적인 생각이 났다. 다시 현실로 돌아오니 마법이 풀리듯 우울감과 베개를 어떻게 돌려줄지, 그따위 생각밖에 나질 않았다. 군복을 입고 어김없이 그날도 사령부로 향했다. 사무실에 도착한 후에야 무언가 잘못되었다는 것을 알아챘다. 사무실에 있어야 할 선배와 부사관 형이 보이질 않고 과장만 소파에 앉아서 나를 지긋이 쳐다보고 있는 것이었다.

 "너…"

 "잘 못 들었습니다?"

"어제 상담관에게서 연락이 왔다. 너 잘못하면 큰일 날 수도 있다고. 일단 일조 운동 후에 다시 얘기하자. 연병장으로 집합하자."

머릿속이 핑핑 돌기 시작했다. 모두 일조 운동을 하러 간 사이에 화장실로 가서 샤워실에 엎드려서 말 그대로 땅을 주먹으로 내리치며 흐느껴 울기 시작했다. 새어 나오는 울음을 끄윽끄윽 눌러 담으며 머릿속으로 '누가 알고 있을까? 또 누가 알고 있을까? 저 사람일까? 선배도 알까? 과장님도 아니까 처장님도 알까?'를 생각했다. 덜덜 떨리는 손으로 어제 통화 기록을 뒤져보았다. 상담 센터에 수십 통, 이 사람, 저 사람들에게 수십 통씩. 간신히 터져 나오는 울음을 집어넣고 다시 상담 센터에 전화를 걸었다.

"혹시 과장님께 말했나요?"

"네. 본인이 위험하다고 판단되면 직속 상관에게 알리게 되어 있어요. 좀 괜찮으세요?"

"아니, 왜! 자살할 것도 아니었던 것 알고 있었잖아요! 그냥 자해만 조금 했다고요!"

다시 터져 나오는 울음을 참을 수가 없어서 또 엎드려서 온 힘을 다해서 울음을 집어넣으려고 노력했다. 상담관이 뭐라고 말했지만,

하나도 들리지 않았다. 일조 운동 때 박자에 맞춰서 나오는 방송 소리만 또렷하게 들렸다.

"하낫! 둘! 서이! 너이! 다스! 여스! 일고! 여덟!"

마치 진실된 죽음이 나를 쫓아오듯이 구령에 맞추어 내 운명도 점점 가까워지는 것 같았다. 일조 운동이 끝난 후에 내가 어디로 가게 될지, 집으로 가게 될지, 아니면 병원으로 가게 될지 전혀 감이 오질 않았다. 일단 세수를 하고 어제 술을 같이 마신 동기들을 찾아가기로 했다. 일단 어제 술을 마신 동기들이 도와줄 수 있을 거로 생각했다. 안일하게. 누구 하나라도 절박하게 나를 붙잡아 주길 원했다. 여기서 동아줄이 내려와 아무 일도 없었던 것으로 바뀌었으면 좋겠다. 지금 내 생각이 멈춰 있으니 누군가 나 대신 생각해 주었으면 했다.

"하낫! 둘! 서이! 너이! 다스! 여스! 일고! 여덟!"

이렇게 동기들에게 찾아갈 생각까지 하고 나니 일조 운동이 끝나는 구호가 들렸다.

눈빛

　세수를 정신없이 했다. 일단 붉어진 눈과 상기된 얼굴부터 가라앉히는 게 최우선이니까. 그리고는 아무 일도 없었던 것처럼 후들거리는 다리를 이끌고 1층으로 내려갔다. 일조 운동이 끝나고 올라오는 사람들과 마주치며 나 홀로 역행하는데 그들의 눈빛이 달라져 있었다. 누구를 쳐다보든지, 누가 나에게 경례를 하든지, 내가 경례를 하고 받아주는 상관들도 내가 보는 세상이 이미 달라져 있었기에, 또한, 받아들이는 내 눈이 달라져 있었기에 난 이미 외톨이, 사회 부적응자로 낙인 찍혀버린 기분이었다. 대리석 바닥 위를 정처 없이 걸어 다녔다. 동기들이 있는 사무실로 어떻게든 사람들을 피해서 찾아갔다.

"빨리 담배 한 대 피우면서 얘기 좀 해요, 형."

"왜. 뭔데?"

"어제 제가 자살 상담관한테 연락했거든요. 그게 과장님 귀에 들어갔어요. 어떡하죠?"

"우리가 장난이었다고 해 줄게. 그럼 넘어갈 수 있을 거야."

"그러기에는 이미 늦은 것 같아요." 하고 내 팔을 보여 주었다.

"그건 보여 주지 마. 그냥 다 장난이었다고 말하고 같이 털리지, 뭐."

"참 같잖지만 안심되는 변명이긴 하네요."

결국 혼자 사무실로 돌아가자 부사관 형과 선배가 다시 자리를 비워 주었다. 그냥 머물러 주었으면 했다. 아무 일도 없었던 듯이 그냥 머물러 주고 일과가 시작되었으면 했다. 하지만 이미 나의 세상은 뒤집혀버렸기에 나는 혼이 빠진 채로 그 자리에 서 있었다. 사무실 끝과 사무실 끝이 이렇게 멀었던가? 과장님이 나를 힐끗 쳐다보았다. 자리에서 일어나서 내게 다가왔다.

"너, 팔 걷어 봐."

첫인사

처음 자대 배치를 받고 첫 출근을 해서 작은 과의 작은 담당 자리로 찾아가기까지, 그 전날의 설렘과 두려움. 많은 동기가 있어서 작게나마 안심하고 또다시 만나서 즐거웠던 기억들. 이 모든 게 결국 혼자 내 자리를 찾아가기까지의 과정이었다. 사령부는 깨끗한 새 건물이었고 사무실은 3층의 중앙에 위치한 작은 방이었다. 한 시간이나 일찍 도착했는데 처음 만난 사람은 키가 크고 잘생긴 중령이었다. 아주 굵은 목소리로 나에게 말을 걸었다.

"신임 소위냐?"

"필승! 예, 소위 김강물. 그렇습니다."

"○○과지? 자, 내가 알려 줄게. 이쪽으로 와 봐. 여기가 너희 과야. 그리고 여기가 네 자리고. 여기 앉아서 편히 쉬어."

과한 친절과 장난 섞인 말투 덕분에 잠시나마 안심할 수 있었다. 하지만 긴장을 놓을 수는 없었다. 정작 나는 아직까지 출장 중이셨던 우리 과장님을 만난 게 아니니까. 어떤 사람일까.

"필승! 김 소위님."

다부진 체격이지만 심드렁한 목소리의 부사관 형은 조금 일찍 도착해서 컵을 씻었다.

그 전날 오후에 나를 데리고 여기저기 보여 주었던 선배가 출근 시간쯤 해서 도착했다.

"일찍 왔네."

"필승! 예, 소위 김강물. 그렇습니다."

"편하게 해."

"선배님. 과장님은 오늘 오십니까?"

"어. 이제 오실 거야. 과장님은 쿨하신 분이니까 일만 꼼꼼하게 하면 별문제 없을 거야."

"아, 제기랄. 출장 갔다 왔다."

비쩍 마르고 깐깐하게 생긴 소령이 세상 귀찮은 표정으로 사무실로 들어와서 소파에 앉았다.

"필승!"

"어, 너냐?"

"예, 소위 김강물."

"과장님. 조간 회의 있으십니다."
선배가 과장님을 쳐다보지도 않고 말했다.

"어. 강물아. 너도 들어와서 인사해."

"예."

조간 회의는 우리 3과의 처장님 방에서 실시됐는데, 과장님이 직접 처장실 문을 두드리고, "○○과장입니다."라고 말한 뒤에 들어갔다. 과장님과 문을 열고 들어가자마자 안개처럼 자욱한 담배 연기 속에 뚱뚱하고 인상을 잔뜩 쓴 처장님이 계셨다.

"저희 과의 신임 소위입니다."

"필승! 소위 김강물."

"어."

처장님은 나를 쳐다보지도 않았다.,

"우리는 아까 만났지? 내가 방도 소개해 주고 자리도 앉혀 줬어."
중령 과장님이 또 장난스럽게 인사했다.
"어. 나는 네 옆방 과장이야. 잘 부탁해."

"야. 이제 나가 봐."

"예. 필승!"

정신없고 매캐한 방을 나오니 한결 기분이 좋아졌다. 영 나쁜 사람
은 보이질 않았고 처장님만 조금 무섭다는 인상을 받았다. 이제 이
곳에서 3년을 보내야 한다. 3년의 첫날이다.

사람

삼 개월쯤 후.

"팔 걷어 봐."

"예."

팔을 걷었다.

"이건 심한데. 옥상으로 와."

"예."

옥상은 공공연한 흡연실이 되어 있었는데 너덜너덜한 금연 표시 밑에 종이컵들이 수도 없이 쌓여 있었다. 심지어 주기적으로 부사관들이 올라와서 청소하곤 했다. 그때도 역시 대위·소령급들이 담배를 피우면서 낄낄대고 있었다.

"야, 다 내려가."

"왜 신임 소위를 괴롭히십니까?"

"못하면 맞아야지. 조금 때리려고 그런다. 다 내려가."

모두 다 내려가고 옥상 문도 닫혔다. 대구의 하늘이 파랗게 보이고 옥상 위로는 아무것도 보이지 않았다.

"야. 담배 하나 줘 봐."

담배를 하나 드렸다.

불도 붙어드렸다.

그리고 서로 말없이 한 개비를 피웠다.

"또 줘 봐."

담배를 하나 드렸다.

불도 붙어드렸다.

"너, 내가 담배 끊은 거 알지."

"예."

사실 과장님은 일주일 이상 담배를 끊어 본 적이 없는 금연 실패 자지만, 일단 노력은 열심히 하시는 분이셨다.

"너랑 이야기하려고 피우는 거야."

"예."

"사람 사는 게 힘들면 이렇게 서로 얘기하고 그러는 거야."

"예."

"왜 그랬는데?"

"그냥 이곳이 제가 있을 곳이 아닌 것 같습니다. 물론 저는 군 생활을 3년 동안 건강하게 할 생각이지만요. 이런 일을 벌였지만, 어쨌든 3년을 건강하게 잘 보내고 싶은데 여기는 제가 있을 곳이 아닌 것 같아요. 공부를 더 해야 할 것 같기도 하고."

이런저런 얘기를 하며 담배를 계속 피운 것 같다. 사람 대 사람으로. 하지만 어설프게 온전한 나 자신의 행위에 대한 이유를 설명하

입안 가득 바늘

지 못한 채였다. 나는 그때 그 자리를 모면하고 싶었을지도 모르겠다. 한참을 울고 나 스스로 부끄러워서.

과장님은 내게 마음을 열었고 나도 조금, 아주 조금은 마음의 틈이 벌어진 것 같았다. 한참 후에 사무실로 돌아오니 다시 선배와 부사관 형이 돌아와 있었고 나를 보는 눈도 예전과 다르지 않았다. 과장님이 밑으로는 비밀을 지켜 주신 것 같았다. 하지만 처장님까지는 보고가 들어갔다고 전해 들었다. 처장님과의 면담은 쉬웠다. 마음의 문을 꽉 조인 채로 느슨함 없이, 어설픔 없이 다시 냉정해진 나로 돌아와서 내 행위에 대해 납득을 시키기만 하면 됐고 군 생활을 건강히 마무리 짓고 싶다는 주제로 이야기를 마무리했다. 물론, 어머니가 대구까지 소환되긴 했지만.

상담

 결국 나는 과장님과 함께 상담관을 찾아가라는 명을 받고 여러 귀찮은 절차를 거쳐서 군 고충 상담관을 찾게 되었다. 상담사 A는 군대에서 만난 젊은 여성이었다. 너무 힘이 들어서 죽고 싶다고 하면서 찾아오면(물론 죽을 건 아니라고 꼭 덧붙이는 버릇이 생겼지만) 어쨌든 찬찬히 내 이야기를 들어 주곤 했다. 상담이라기보다는 내 감정의 샌드백 같은 사람이었다. 다 털어놓고 나오면 그래도 좀 시원했다. 진정으로 내게 필요했던 것은 들어 주고 동의해 주는 그런 사람이었다. 상담사 A는 여차하면 그냥 다 엎어버리라고 했다. 자기가 분노 장애가 있다고 증언해 줄 테니 한번 감정을 분출해 보는 것은 어떻겠냐고 했다. 하지만 나도, 그녀도 그렇게 되지 않으리라는 건 잘 알고 있었다. 지금 내가 누리고 있는 것도 과분한데 그것을 놓칠 수가 없었다. 과장님에 대한 배신이었고 또한 나 역시도 나의 화는 군대에서부터 오는 게 아니라는 것을 잘 알고 있었다.

 상담사 B를 만났다. B는 A의 후임자였다. 나이가 중년에 접어든 남자. 상담사 B는 느긋한 성격에 아무 말이나 해도 심각한 표정으로 들어 주고 여러 이야기를 해 주었지만, 딱히 내 마음에 와닿는 이야기는 없었다. 그래도 사람이 좋아서, 내가 있는 곳이 싫어서 틈만 나면 그를 찾았고, 나중에는 날짜를 잡고 매주 수요일마다 그곳을 방

문키로 했다.

하지만 결국 내게 큰 감동을 준 사람은 군의관 C였다.

군의관 C는 항상 담배를 피웠다. 눈 주변에는 다크서클이 정말 길게 내려와 있고 나보다 더 지쳐 보였다. 슬리퍼를 질질 끌고 겨우 빈방을 찾아 들어와 나와 상담을 했는데 그곳이 이비인후과실일 때도 있고 치과실일 때도 있었으며, 입원실일 때도 있었다. 그는 결혼을 했고 예쁜 딸을 낳을 것이라고 했다. 그래서 담배를 끊을 것이라고 했지만 잘 되지 않는 듯했다.

그와의 상담은 정말 피곤했다. 그가 나를 피곤하게 한 것이 아니라 그가 던지는 질문들이 비수로 날아와 내 마음속 깊은 곳의 문을 두드렸고, 마음속 깊이 아무에게도 하지 못했던 말들까지 끄집어내서 혼신의 힘을 다해 기억을 더듬다 보면 벌써 상담 시간이 훌쩍 지나가 있었다. 그럴 때면 나는 완전 녹다운이 되어버리기 일쑤였다. 그의 질문들은 대부분 나의 어릴 적 이야기에 관한 것이었고, 부모님과의 관계나 부모님과의 일화 등 아주 어릴 적의 이야기를 물어보았다. 그의 상담법은 고도의 집중력과 온전히 나에게로의 몰입이 필요한 그런 상담이었다. 나의 이야기를 온전히, 아무 편견 없이 그의 노트에 차곡차곡 쌓아나가서 큰 그림을 만들고 거기서 빠져나간 톱니가 무엇인지, 불충분한 요소가 무엇인지 찾아가는 극도로 진이 빠지는 일이었다. 그래서 그는 그렇게 맨날 힘이 빠져 있었는지도 모른다. 그는 여러 질문을 통해서 나 혼자 스스로의 힘으로 답을 찾아가는 법을 알려 주려고 했던 것 같다. 그의 질문들은 간단하면서도 심오했다. 가령 단순히 "부모님과의 관계는 어떠했나요?"라는 질문이 아니라, "어릴 적의 사건 중에서 가장 기억나는 사건이 무엇이었으며 그 당시에 자신이 느꼈던 감정을 기억하나요?", "그때 부모님과의 관계는 어떠했나요?", "그래서 그 사건이 나에게 미쳤던 영향은 어떠했나요?"와 같이 파생되어 가는 질문을 계속 던졌다. 깊이, 점점 깊이 나 자신 속으로 빠져들어 가는 질문들에 나도 모르게 나를 벗어던진 것 같았다. 자유를 느낀 것 같았다. 하지만 자유의 대가는 처절히도 고통스러웠다. 고통스러운 질문과 추억들 속에서 나 자신을 탐험하다 보면 토할 정도로 어지럽고 아찔하게 머리가 아파져 왔다. 그때마다 그는 나를 다시 원래 세상으로 꺼내 주었다. 마치 상담자와 피상담자 간의 팽팽한 줄다리기 같은 작업이었다. 내가 고꾸라지는 것을 막아 주면서 극한까지 밀어붙이는 그런 상담이었다.

그는 절대로 "왜 자해를 했나요?"와 같은 질문은 하지 않았다. 현 상황은 모두 과거와 연결된 무언가의 끈이라고 생각하고 있는 것 같았다. 나의 논리를 듣고 틀린 점을 바로잡아 주고 다른 점은 묵묵히 들어 주었다. "왜?"라는 질문보다는 '어떻게' 여기까지 오게 되었는지에 대한 질문들이었다.

군의관 C와의 면담은 3개월 동안 계속되었다. 그가 전역할 때 나는 "이제 어떡하죠?"라는 질문을 했다. 그는 "자기 자신을 더 들여다 보라."라는 대답만 남긴 채로 떠나버렸다.

다른 상담가들과의 상담들은 대부분 나의 푸념들이었다. 내가 푸념을 하면 그들은 들어 주었고 그것이 다였다. 그저 시간을 때우고 현실 도피를 위한 잠깐의 안식이었다.

나를 이해해 주고 같이 이야기하자던 과장님 역시 전속을 가게 되었고, 후임 과장이 들어왔다. 모두 내가 혼자 일어설 힘이 없을 때 떠나버렸다. 나는 깊은 상실감과 자존감의 부재 속에서 살게 되었다. 더욱이 새로 온 과장은 미쳤다고밖에 표현할 수 없는 무능력자여서 잦은 마찰 탓에 나도 전속을 생각하게 되었다. 내 행복을 위하여 최대한 이기적이어야만 했던 1년의 세월이었다. 틈만 나면 자존감을 깎아버리고 멍청한 짓을 계속 반복하는 상사 밑에서 갖은 욕을 다 들어가며 생활하기가 진절머리가 나서 내 후임과 같은 사무실 사람들에게는 미안하지만, 전속을 가게 되었다.

전속을 결정하게 된 결정적인 사건은 이러했다.

탕·깐·유

그 전부터 새로 온 과장의 한심함은 끝이 없었지만, 결정적인 사건은 우리 사령부가 주최하는 화학 특기 회의 준비를 위해서 오찬장 배치도를 그리는 일에서 발생했다. 그의 주장은 이러했다. 회의에 오시는 높으신 분들을 위하여 식당에 들어갔을 때 혼선이 없도록 배치도를 그려야 한다는 것이었다. 물론 나도 그 점에 대해서는 당연히 그래야 한다고 생각했다. 모름지기 군대란 작전은 실패해도 의전은 실패하면 안 되는 조직이기 때문이다. 그래서 나에게 오찬장 배치도를 그리라는 명령이 떨어졌고 내가 먹고 싶은 것으로 근사하게 꾸며보라고 했다. 우리 부대에는 두 개의 중식당이 있었는데 그 두 중식당 중에서 내가 한 곳을 골라서 각자 짜장면을 먹고 가운데에는 탕수육, 깐풍기, 유산슬을 배치하고자 했다. 그렇게 그려서 보고를 올리자 과장이 말했다.

"메뉴가 이것밖에 없나? 메뉴 조사 다시 해 와."

중식당 2곳에 들러서 메뉴 사진을 찍어서 타이핑을 열심히 해서 다시 보고를 올렸다.

그러자 과장 왈.

"한 곳의 메뉴는 짜장면이 제일 위고 다른 한 곳의 메뉴는 유산슬이 가장 위라서 한눈에 비교가 안 되네. 다시 보고서 양식으로 짜와 봐."

실로 그러했다. 한쪽 메뉴는 짜장면부터 시작해서 비싼 메뉴로 내려가는 식이었고 다른 한쪽의 메뉴는 유산슬부터 시작해서 싼 메뉴로 내려가는 순서였다. 그것이 한눈에 비교가 안 되니 다시 짝 맞추기를 해서 양쪽을 똑같이 비교할 수 있도록 만들어오라는 것이었다. 이 짓을 하느라 오전 4시간이 흘러갔다. 그리고 점심 전에 보고하자 과장 왈.

"그래서 네가 먹고 싶은 메뉴가 뭔데?"

"탕수육, 깐풍기, 유산슬입니다."

"그래? 그럼 그걸로 다시 짜 와 봐."

점심을 먹고 화가 나서 목덜미가 뻐근해지는 것을 어루만지며 다시 같은 보고서를 그렸다. 짜장면은 개인 메뉴, 탕수육, 깐풍기, 유산슬은 주 메뉴로 하는 내용을 짜서 보고서를 올렸다. 그런데 문제는 여기서부터 생겼다. 초대 인원이 18명인데, 그 음식점은 한 상당 4명이 앉을 수 있는 상이라 2명이 따로 앉아야 하는 상황이 온 것이었

입안 가득 바늘

다. 그런데 상식적으로, 지극히 상식적으로, 물론 나만 그럴 수도 있겠지만 '두 명분은 덜어 줄 수도 있는 것 아닌가?'라는 생각이 들었다. 그래서 오찬장 배치도의 한 상에 3개씩 탕·깐·유(탕수육, 깐풍기, 유산슬)를 동그라미로 표시하고 마지막 두 명분의 동그라미는 그리지 않았다. 그랬더니 과장이 말했다.

"마지막 두 사람은 뭘 먹나?"

"예. 덜어서 먹으면 됩니다."

"그럼 그것도 배치도에 그려야 하지 않겠나?"

그래서 그 사람들까지 그리는 데 나머지 일과 시간을 다 써 버렸다. 물론 여기까지 몇 개의 문답만으로 도출된 보고서는 아니었다. 말도 안 되는 수많은 트집을 들어 가며 고치고 또 고친 궁극의 오찬장 배치도였던 것이다. 이 인간의 마음에 들기까지 말도 안 되는 트집을 다 받아들이며 그린 이 궁극의 배치도를 가지고 바로 처장님실로 뛰어들어 가서 말했다.

"처장님. 이걸 8시간 걸려서 하는 게 제 일과입니다. 저는 이런 일 하려고 군대 온 것이 아닙니다. 실무 부대로 보내 주십시오."

159

결정은 쉽게 내렸지만, 이 미친 과장놈이 이미 내가 전속 갈 부대에 내가 정신병자라고 소문을 내놓은 상태라 그 부대에서 나를 받을지, 말지 긴 회의를 거친 끝에 다른 여러 선임 장교들의 추천을 받아서 전속을 가게 되었다.

그 미친놈의 수많은 짓거리를 이곳에 하나하나 열거하고 싶은 마음이 굴뚝같지만, 요지에서 벗어나는 일이라 더 이상 쓰지 않도록 하겠다. 대구 사령부에서 대구 공항으로 전속 가는 일이라 그 미친놈의 마수에서 내가 영원히 벗어난 것도 아니었지만, 어쨌든 당장은 하루에 한 번씩 그놈을 보지 않게 된 것만으로도 나는 큰 위안을 받았다.

아, 하나 더. 그래서 오찬은 잘 끝났냐고? 과장이 신신당부하기를 무조건 요리가 먼저 나오고 짜장면이 늦게 나오게 하라고 했는데 짜장면이 먼저 나와 버렸다. 그리고 짜장면이 싫고 볶음밥을 먹겠다는 높으신 분들 때문에 식사가 지체되어 버렸다. 그리고 나는 과장의 한심하다는 눈빛을 계속 받아야 했다. 우리 사무실의 모든 사람이 밖에 나와서 패배자의 모습으로 담배를 피우며 한마디씩 했다.

"씨X. 볶음밥이 먼저 나오다니…."

룰 자체가 잘못되었지만, 룰 밑에서 계급 밑에 눌려 버린 우리는 볶음밥 욕을 할 수밖에 없었다. 그런 현실도 싫었다.

전속

　전속은 실무 부대로 가게 되었다. 대구에서 대구로 옮기는 작은 이동이었지만, 나한테는 더할 나위 없는 기회였다. 부하들을 거느리고 진짜 자신의 행동에 책임을 지는 장교로서, 부대를 대표하는 부대의 대장으로서, 이제는 내 행동 하나하나로 부대를 대표하고 책임을 져야 하는 그런 자리에 앉게 되었다. 사령부에서의 2년의 생활을 치우고 이제는 몸도, 마음도 힘든 그런 자리로 이동했다. 하지만 사람에 치이는 일은 거의 없었다. 다들 나를 대장으로 대해 줬고, 나도 모든 사람을 하나의 인격체로 대해 주었다. 물론 완벽한 인간관계란 없고 때때로 나오는 불협화음이 거슬렸지만, 장교라는 이름에서 오는 책임감으로 버텼다. 그렇게 크고 작은 일들을 겪고 결국 나는 별 탈 없이 전역했다.

재입학

　전역하고 나서는 다시 내게 엄청난 일이 기다리고 있지는 않았다. 내가 경쟁자라고 생각했던 사람들은 다들 학위를 따고 멋지게 전진하고 있었고 나도 다시 그 물살에 휩쓸려 공부의 길에 전념하기로 했다. 다시 학교에 찾아가서 교수님을 뵙고 공부를 계속하겠다고 했다.

　내가 처음 박사로 들어왔을 때 모두 나에게 나 같은 스펙을 가지고 왜 이런 곳에 왔냐는 질문들을 했다. 속으로는 좋았지만, 겉으로는 겸연쩍어했고 그 학위 과정을 쉬고 군대에 갈 때도 사람들은 안타까워했다. 그래서 다시 돌아오면 친구들의 환영이 있을 줄 알았는데, 사람들은 정반대의 모습을 보여 주었다.

　"너 이제 인생 망했네."

　예전에는 자주 봐 오던 형들도 나를 슬슬 피하는 눈초리였다. 나는 그저 나이 세 살을 더 먹었을 뿐인데…. 교수님도 나를 탐탁지 않게 여기시는 것 같았다. 교수님의 만류에도 불구하고 가버린 군대였으니. 자신의 실험실에서 학위를 줄 수 없게 되었다고 냉정하게 말하는 교수님의 모습에 화도 나지 않았다. 이제 어떻게 하지. 군대에 있을 때도 교수님이 상을 당하셨을 때 휴가까지 써 가면서 찾아간 나였는데 이런 식으로 푸대접을 받다니…' 하는 생각에 조금 섭섭하기도 했지만, 공은 공이고 사는 사라는 생각에 주저 없이 학교를 등지고 나와 버렸다. '차라리 잘됐어. 이곳에서 버틸 생각 따위는 없어.'라고 자기 위안을 하며.

그렇게 내 금의환향은 한 달도 채 안 되어서 끝나버리고 말았다.

삼 년 삼 개월 동안의 군 생활과 한 달 정도의 학교생활을 모두 끝내버리고 나는 내가 정말로 하고 싶었던 공부를 위해서 다시 영국으로 향했다. 지금도 "왜 당신은 다시 영국으로 떠나야만 했는가?"라고 누가 물어본다면 딱히 대답할 말은 없다. 그저 내가 하고 싶었던 공부는 유기 화학이니 유기 화학을 전공하고 약학 쪽으로 취업하고 싶은 마음이었다. 시험을 치고 여러 가지 과정을 거쳐서 영국의 모교에 다시 합격하고 영국행 비행기를 타기까지는 한 달도 채 안 되는 시간이었다. 그러나 숨 가쁘게 돌아가는 시간 속에서 내가 크게 간과하고 있었던 것이 있었으니, 그것은 바로 약이었다.

약. 내 우울증약.

- Part. 4 end

Mouth Full of Needles

Part

⑤

다시 시작

　나는 지금 콘센트 줄로 목을 감고 있고 벽에 걸린 거울을 쳐다보고 있다. 고무 재질의 콘센트 줄은 까끌까끌했다. 반지하 방 안의 커튼 사이로 희미하게 거리의 빛이 새어들어 왔다. 딱히 죽고 싶은 마음은 없었지만, 더 이상 살지 못하리라는 것만은 확실했다. 앞으로 한 발짝도 내딛지 못할 벼랑 끝에 서 있는 기분이었다. 5평 남짓한 기숙사 방 안에는 어둠이 가득했고, 내 방문 밑으로 스멀스멀 기어드는 빛이 거울에 비치는 내 얼굴을 간신히 알아볼 수 있게 해 주었다. 어둠에 파묻힌 내 얼굴 주변으로 흰색 콘센트 줄이 유난히도 밝게 보였다. 눈물 따위는 나올 기분이 아니었다. 이제 정말 끝을 향해서 가고 있다는 느낌을 받았다. 하지만 역시 자살은 무서웠다. 이런저런 핑계를 대며 멈춰 버린 듯한 시간을 밀어내고 있었다. 콘센트 줄을 걸 곳만 있다면, 그저 콘센트 줄이 조금 더 부드러웠다면. 여러 가지 핑계를 대면서 자살을 미루고 있었다. 하지만 세상이 모두 다 나만 바라보는 것 같았다. 주인공의 죽음. 클라이맥스를 지켜보는 숨죽인 수많은 관객의 눈이 나를 재촉하는 것 같았다. 나를 보는 눈은 오로지 거울 속에 비친 나밖에 없는데도 말이다. 내가 생각하는 멋진 죽음 따위는 없었다. 용감하게 의자 위로 올라가서 의자를 걷어차고 팽팽해진 줄이 내 숨통을 끊어 놓는 그런 멋진 죽음 따위, 난 그런 죽음을 맞이할 용기조차 없었다. 아니, 용기를 내기 전에 당위성조차 없었다. '왜 죽어야 하나.' 혹은 '왜 살아야 하는지.'에 대한 당위성도 없었다. 죽음 앞에서 논리 따위는 없었다. 즐거운 일도, 슬픈 일도 모두 다 끝나야 하니까. 지금이 그 순간인 것 같았다. 목에 걸린 콘센트 줄이 무거웠다. 족쇄처럼 나를 땅으로 끌어당겨서 나를 어둠 속으로 잠식시킬 것만 같았다. 자살을 흉내 내 보고 싶은 것일지도 모르겠다. 지금도 숨 쉬고 살아가고 있으니까. 정상이냐, 비정상이냐의 문제도 아니었다. 내가 과연 콘센트 줄 따위를 목에 감았다고 해서 죽음을 목전에 두었다고 말할 수 있을까?

Surreal

"비현실적이야! 모든 것이 비현실적이야!"

대학교 친구가 공항까지 마중을 나왔다.

"왜 그렇게 생각해?"

"내가 다시 영국에 올 줄은 상상도 못 했거든."

2016년 가을. 유기 화학에 대한 미련을 버리지 못한 나는 다시 시작하는 마음으로 유학길에 올랐다. 물론 처음부터 순탄했던 것은 아니었다. 이미 한참 지나서 녹슬어버린 내 영어 실력 때문에 영어 시험은 바닥을 쳤고 비자 신청은 또 왜 이렇게 복잡한지. 그래서 부랴부랴 비자를 신청하고 영어 시험을 삼수나 한 끝에 붙어서 거우 다시 영국행 비행기를 탈 수 있었다.

"도착하자마자 어디 가고 싶어?"

"당연히 차이나타운이지!"

"일단 짐부터 내려놓는 게 어때?"

그것도 그럴 것이, 밥솥과 음식, 옷 등 앞으로 1년을 살아야 할 짐들 때문에 두 손으로도 부족해서 친구가 도와주고 있는 상황이었다. 일 년이라. 과연 일 년 동안 내가 이곳에서 살 수 있을까? 다시 공부해서 성과를 보이고, 시험을 치고, 논문을 쓰고. 다시 하면 잘할 수 있을까? 내 목표는 전보다 한 단계 오른 성적이었다. 영국 대학의 시험은 어렵기로 정평이 나 있었고, '과 수석'이나 'All A' 같은 성적은 꿈도 꾸고 있지 않던 터라 학부 졸업 때보다 한 학점만 높게 받는다면 소원이 없겠다고 생각했다.

대충 짐을 숙소에 내려놓고 지하철을 타서 레스터 스퀘어(Leicester square)로 향했다. 여전히 붉은 차이나타운과 북적이는 사람들의 모습을 보니 앞으로의 일 년에 대한 기대가 나를 두근거리게 했다. 그냥 이런저런 이야기로 시간 가는 줄 모르게 이야기를 나누다가, 그렇게 소풍 가기 전날의 어린아이 같은 마음으로 그날을 마무리했다.

J FUN

다음날

    다음날은 여러 가지 서류를 받고 절차를 밟아서 입학을 신청했다. 다시 학생증을 부여받아서 학생이 되었고(특이하게 내 학번은 16학번이 아니라 아직 06학번으로 되어 있었다), 학교 내의 이곳저곳을 돌아다니며 공부에 필요한 여러 가지 잡동사니들을 구매했다. 예전 기억이 새록 새록 떠올랐다.

    나는 '완전히 아웃사이더가 되어서 이번에는 정말 공부만 해야지.' 라는 생각이었기 때문에 혹여라도 한국말이 들릴라 치면 소스라치 게 놀라며 겸연쩍어했다. 이번에는 정말 사람들에게 상처받고 싶지 않은 마음이었다.

부활절

평범한 나날들이 계속되었다. 9월 학기를 등록하고 실험실과 강의실을 오가며 바쁜 일과를 보내고 나서 돌아와서는 잠을 청하는 그런 평범한 하루. 쳇바퀴처럼 잘 돌아가는 일과와 한국에서 가져온 몇 개월 치의 약은 내 병을 잠깐이나마 잊게 해 주는 데 도움이 되었다. 심지어 약을 몇 주 끊어도 문제가 없었을 정도로 바빴으니 내 유학 생활은 성공했다고 믿을 정도였다. 하지만 곧 위기가 닥쳐왔다. 바로 부활절이 찾아온 것이다. 예수가 부활했다는 부활절에 나는 가장 큰 나락으로 떨어져 버렸다. 첫째로, 서양에서 가장 길다는 부활절 휴일이라 바빴던 내 삶이 갑자기 한가해져 버린 탓에 온갖 잡생각들이 머릿속으로 파고들어서 미쳐 버릴 수준으로 머리가 아팠고, 둘째로는 약이 떨어진 지 오래되었다. 나는 어차피 학교 아니면 집인 아주 규칙적인 인생을 살고 있던 터라 학교가 쉬는 부활절에는 완전히 히키코모리가 되어 버렸다. 할 수 있는 것이라곤 일주일에 한 번쯤 마실 물을 사기 위해서 가는 쇼핑 정도였다. 마실 물도 한번에 많이 사기 위해 여행용 트렁크를 끌고 슈퍼로 향하는 나였다. 또 커튼을 굳게 쳐 놓고 죽음을 기다리는 의식이 계속되었다. 다시 심해로 이끌려 들어가는 느낌에 직감적으로 도움이 절실히 필요하다는 것을 깨닫고 병원을 찾아가게 되었다.

인도 의사가 심드렁한 표정으로 말했다.

"이건 모두가 겪는 일이야. 별일 아니라고."

또는,

"별일 아니니까 깊은 잠을 청해 보는 건 어때?"

이런 한심한 말을 내뱉었다.

결국 나는 전하고 싶었던 내 상태를 전하지 못한 채로 터덜터덜 집으로 돌아와야만 했다.

깊은 잠이라고?

'깊은 잠 같은 게 정말 나에게 필요한 걸까?'라는 생각과 세상이 나에게만 불공평하게 돌아가고 있다는 생각에 카페인이 들어간 강력한 각성제를 먹고 미친 듯이 운동한 후에 침대 위에 누웠다. 눈이 감기지 않고 누군가 내 머리를 망치로 때리는 듯한 느낌에 수면제를 한 알 먹고 잠을 청했다. 그래도 망치로 때리는 듯한 느낌이 없어지지 않아서 나는 수면제를 한 알 더 먹고 잠을 청했다.

그리고는 24시간쯤 지난 후에야 깼다.

기억의 조각

수면제 두 알과 각성제 칵테일 효과는 정말 어마어마했다. 깨어나서 하루를 보냈지만, 기억이 없었다. 나는 반지하 방에서 나와 뒷마당을 속옷 차림으로 활보했으며 내 방의 사진도 열심히 찍었다. 그러나 기억은 없었고 속옷 차림의 내가 창문에 흐릿하게 비친 사진만 카메라에 저장되어 있었다. 하루 사이에 라면을 두 개나 끓여 먹고 밥도 말아 먹었으며 설거지까지 깔끔하게 되어 있는 내 식기류는 아직 물기도 마르지 않은 상태였다.

같이 사는 친구들과 자살에 관한 심도 있는 이야기를 나누었는데, 그런 이야기를 하는 내가 정말 이상했다고 기억이 돌아온 후에 친구들이 말해 주었다. 술을 마신 것 같지는 않지만, 전혀 나답지 않았으며 이상한 이야기를 들려주고 혼자 웃었다며 친구들은 나를 걱정해 주었다. 대체 무슨 일인지 나도 이상하게 여겨져 다시 병원을 찾았고 이번에는 동양인 여자 의사가 배정되었다.

나는 24시간 동안의 기억이 없어진 심각한 증상을 겪었다고 말했으며, 이러이러한 일이 있었고 또한 나는 우울증을 앓고 있어서 약이 필요하다고 말했다. 하지만 의사는 가볍게 대답할 뿐이었다. 그녀는 나에게 기억을 잃어버렸는데 어떻게 라면을 먹은 기억은 나는지에 관해서 물어보았다.

"그것만 기억나요."

"그것이 기억난다니, 그럼 기억을 잃은 것이 아니잖니?"
짜증스럽다는 듯한 대답이었다.

또, 의사는 이렇게 말했다.

"너는 친구들과 한 이야기를 나에게 설명해 줬는데 그 기억도 있잖아. 그건 기억을 잃어버린 게 아니야."

그녀는 재차 나를 내쫓으려고 했다.

나는 그건 전혀 내가 아니었고 나를 통제할 수 없었다고 대답했지만, 의사는 대수롭지 않게 생각하는 것 같았다. 그렇게 두 번째 의사에게 내쫓긴 나는 정말 도움을 받을 곳이 없었다. 그리고 그날 밤, 콘센트 줄로 내 목을 감았다.

가장 편하게

　가장 편하게 죽는 방법을 찾아낸 것 같다. 아니, 이것은 거의 확실했다. 가습기와 치사량의 클로로포름만 있으면 편하게 죽을 수 있을 것 같았다. 실제로 이런 주제를 가지고 토론한 화학자들이 있었는데 그들도 나와 같은 생각을 한 것 같았다. 클로로포름을 치사량으로 흡수한다면 가장 편하게 죽을 수 있겠다고 말이다. 현대 문명이 발달한 관계로 나는 가습기를 가지고 있었고 언제나 실험실에 드나들 수 있는 카드키도 가지고 있었다. 이제 죽기만 하면 되는데 여러 가지 핑곗거리 때문에 죽지 못했다. 첫 번째는 '나에게 카드키를 빌려준 친구에게 큰 문제가 되면 어떻게 하지?'라는 생각이었다. '나에게 빌려준 카드로 내가 자살 따위를 해 버리면 많이 곤란해지는 것 아닌가?' 둘째는 '내 지도 교수는 참 친절한데 내가 죽으면 또 많이 곤란해지는 것 아닌가?'나 '앞으로 만나게 될 후배 한국 학생들에게 내가 피해를 주는 게 아닌가?' 따위의 시답지 않은 생각이었다. 이런 생각을 하며 가습기를 얼굴에 쐬고 있었다. 물론 당시에 유서도 다 썼고 부모님 생각을 하지 않은 것도 아니었지만, 어찌 되었든 이런 말도 안 되는 핑곗거리를 생각해 내느라 자살을 차일피일 미루고 있었다. 부활절이라 아무도 안 보는 사이에 슬쩍 클로로포름을 훔쳐서 가습기에 붓고 틀어놓으면 잠도 저절로 올 테니 얼마나 편한 죽음이란 말인가. 하지만 겁이 많은 나는 다시 한번 의사와 상담해 보기로 결심했다. 이제 마지막인데 누군가는 들어 주겠지.

"저, 잠깐 자살하고 오겠습니다."

유서

유서는 대부분 동생에게 썼다. 왠지 부모님께 쓰기에는 부끄럽고 쑥스러울 것 같아서였다. 대략 잘 놀고 잘 살라는 내용이었다. 즐거할 수 있는 걸 찾으렴. 내 카메라는 꼭 네가 갖고 있거라. 그리고 언제나 내 유서의 레퍼토리인 마지막 문장은 다음과 같았다.

"그래도 더 놀 걸 그랬다."

햇빛

햇빛에 비쳐 보이는 붉은 세상이 아른아른 눈꺼풀을 뚫고 동공으로 들어왔다. 눈을 살살 감았다, 떴다를 반복하며 햇빛을 충만하게 받아들이고 싶었다. 온몸으로 햇빛을 즐기고 싶었다. 그게 내가 나를 위하여 처방할 수 있는 최선의 약이었다. 햇빛을 온몸으로 받아들이기 위해서 누군가가 말을 걸어 주었으면 했다. 괜찮냐고. 누군가가 나에게 괜찮냐고 말을 걸어 주었으면 했다. 물론 내가 전화하면 당장 나를 위해 달려올 친구들이 있었지만, 그들을 걱정시키고 싶지는 않았다. 벌써 문제라면 충분히 저질러 버린 터라 친구들을 또 걱정하게 만들고 싶지는 않았다.

다시 병원에 찾아가서 간호사를 붙잡고 울면서 말했다. 나는 더 이상 도움을 받을 곳이 없다고. 이제 나는 어떻게 해야 할지 모르겠다고. 그 간호사만은 내 말을 진지하게 들어 주었다. 그 한 사람만이 내 말을 진지하게 들어 주고 나를 어떤 센터로 이송 시켜 주었다.

그 센터에서는 24시간마다 꼬박꼬박 내 생존 보고를 해야만 했다. 생존 보고를 하지 않았을 시에는 경찰이 찾아올 수도 있다고 했다. 의사는 직접 내 방에 방문해도 된다고 했지만, 내가 직접 가는 방법을 택했다. 내가 필요한 건 약이라고 말했다. 하지만 의사들은 약을 주지 않았고 계속 상담 위주의 치료를 진행했다. 나는 의사들에게 내가 왜 약이 필요한지를 울며불며 호소했지만, 통하지 않았다.

"제가 정말 힘들 때 우리나라에서는 주사를 놓아 줬어요. 그거 한 방이면 저는 편안했다고요. 제가 원하는 것은 주사 같은 거창한 것도 아니에요. 그냥 약을 주세요."

"그건 비인간적이잖아! 그렇게 생각하지 않니?"

"그래도 나에게 평안을 주잖아요. 지금 저는 미칠 것 같다고요."

문신

세상은 내가 없어도 그대로 흘러갈 것이고 내가 주인공 따위는 아니라는 것을 깨달았을 때가 어른이 되는 것인가. 아니면 평생 어린 애로 칭얼대며 살아가야 하는 운명인 것인가. 힘들 때마다 이렇게 고통받아야 하는데, 이 고통을 전부 내가 짊어져야 하는 것인가. 나보다 훨씬 더 힘든 사람도 있을 텐데, 이 무슨 호르몬의 장난이란 말인가. 내가 할 수 있는 것은 햇빛을 받고 비타민을 제때 챙겨 먹으며 영국 특유의 푸석푸석한 과일을 씹는 것이 전부였다. 어찌할 도리가 없으니 이대로 생활해야만 하는 것이었다. 가끔 너무 심각하게 어지럽고 아프면 응급실에 갔지만, 대기 시간만 7~8시간 정도나 되니 기다리다 보면 으레 괜찮아질 따름이었다.

더 이상 정신적인 아픔을 견디지 못하고 담배도, 자해도 더 이상 할 수 없는 체력이 되어 버린 나는 새로운 방법을 선택했다.

문신을 하기로 결심했다.

어차피 아픈 날의 기억을 몸에 새기고 싶다면 화려하고 아름다운 문신을 몸에 새겨서 기억하고 곱씹을 수 있을 것이라고 생각했다. 첫 문신은 가슴에 새겼다. 꽃 문신과 카니발 마스크 문신으로 크고 화

입안 가득 바늘

려하게 가슴에 새겼다. 하나도 아프지 않았다. 하지만 내 눈에서는 끝없이 눈물이 흘러내렸다. 문신사들이 재차 "Are you OK?"라고 물어보았지만, 나는 괜찮다고 대답하고 미동도 하지 않고 문신 과정을 감내했다. '위이잉!' 하고 크고 무서운 소리를 내는 바늘들이 내 살을 파낼 때마다, 아팠던 지난날을 생각했다.

이 정도는 아무것도 아니야.

할 때마다 6~7시간 정도 걸리는 시술을 한번에 받았다. 만족할 만한 문신을 받고 나서 거울을 보는데 또 눈물이 찔끔 났다.

'젠장. 이제 일본 온천은 다 갔구나.'

세상 모든 짐을 내가 다 지고 사는 것처럼 살다 보니 내 삶이 삶이 아니었다. 이것을 내려놓고 한 걸음 물러서서 본다는 게 쉽지 않았다. 물론 지금도 쉽지 않고 이것은 영원한 숙제일지도 모른다. 나는 성장하고 있는 것일까? 아니면 퇴보하고 있는 것일까? 내 스펙은 올라가고 있는데, 그만큼 내면의 나도 자라나고 있는 것인지는 잘 모르겠다. 지금도 잘 모르겠다.

다시 약

킹스크로스역(King's cross station) 옆으로 한참 걸어가다 보면 센터가 나온다. 정신과 병동. 나는 매일 음침한 영국 날씨 속에서 비참한 기분으로 생존 보고를 하러 갔고 생존 보고를 하는 동안 매번 울었다. "약을 달라. 아니면 주사를 놓아 달라. 나는 결국 자살할 것만 같다." 결국 이런 식의 대화가 계속 이어졌다. 이런 생활이 한 달간 지속되었고 나도 빠르게 지쳐 갔다. 항상 한 시간여의 상담 세션과 겨우 처방받은 한두 알의 약에 대한 피드백에 관하여 의사와 상담하는 것을 매일 반복했다.

결국 나의 내면 밑바닥까지 내려가서 내가 찾아낸 결론은 내가 나를 미워한다는 것이었고 나는 더 이상 말을 이을 수 없었다(I hate myself).

이제 더 이상 밑져야 본전이니 집에 도움을 청할 수밖에 없었다. 말로만 그랬지, 무서워서 죽지도 못하고 마음은 천근만근 우울했으니까. 집에 전화해서 내 상황을 말씀드렸고 동생이 약을 타서 영국으로 와 줬다. 오래간만에 보는 동생은 정말 듬직해져 있었다. 같은 유학생 신분인데 걔는 더없이 건강해 보였다. 동생은 28일 치 약을 타 와서 내게 전해 주었고 28일 치의 약으로 어떻게든 버틸 수 있게 되었다. 적어도 28일 동안은 평상시처럼 생활할 수 있게 된 것이다. '약 몇 알에 사람 감정이 왔다 갔다 하는 것을 보니, 약이란 참 무서운 것이구나.' 하고 새삼 느꼈다. 약학을 공부하면서도 약이라는 것은 참으로 신기하고 그 와중에도 재미있게 느껴졌다. 28일이 짧게 느껴질 수도 있겠지만, 나에게 있어서 한 달 만이라도 정상인처럼 생활할 수 있는 호사를 경험할 수 있다는 것은 정말 천국과도 같았다. 플라시보 효과도 한몫했을까? 약을 먹은 첫날부터 힘이 솟아오르는 것 같았다.

운동

　운동은 내가 살아가는 데 있어서 필수 요소였다. 여러모로 살이 빠지고 있던 터라 운동은 근육이라도 만들어서 나를 물리적으로 지탱할 수 있게 만들어 주는 오직 하나의 방법이었다. 운동은 돈이 좀 많이 들어도 개인 트레이닝(Personal training)을 받았다. 돈이 많이 들어서 적은 횟수였지만, 운동할 동안에는 아무런 생각도 들지 않았다. 오직 나와 선생님과 무게와의 싸움이었다.

　내 몸 여기저기에 난 자해 자국을 보고 선생님은 무슨 일이냐고 물어보았고 나는 그냥 우울증이 있다고만 대답했다. 선생님은 하루 동안 나에게 좋은 일이 생긴 것을 매일 세 가지만 생각해 오라고 했다. 아니면 운동 강도가 엄청나게 강해질 것이라는 엄포를 놓았다. 지금도 힘든데 더 힘들어질 생각을 하니 하는 수 없이 열심히 생각해냈다.

　첫째 날은 다음과 같이 대답했다.
　첫째, 지나가다가 정말 이상형인 여자를 보았다.
　둘째, 체리가 맛있더라.
　셋째, 햇살이 정말 좋더라.

둘째 날은 다음과 같이 대답했다.

첫째, 운동하는데 정말 이상형인 여자를 보았다.

둘째, 망고 슬라이스가 맛있더라.

셋째, 비가 오지 않아서 좋더라.

이렇게 대답했다가 수업이 끝나고 보충 수업으로 버피를 쓰러질 때까지 했다. 어제와 겹치지 않도록 다시 생각해 오라는 것이었다. 그야말로 내 주변에 널린 세 잎 클로버를 찾아오라는 숙제였다. 내가 처한 상황에서는 쉽지 않은 숙제였던 만큼, 차라리 이제는 나 스스로 행복을 만들어 내기 시작했다. 친구들에게 안부 전화하기, 고맙다는 말 하루에 열 번 이상하기, 점심 혼자 먹지 않기 등. 또한, 공부만 하는 하루를 보내지 않기, 시간 내서 산책하기, 사진 찍으러 가기 등 행복을 만들어나가기 시작했다. 하루에 세 가지 행복했던 일을 생각해 내는 것은 생각보다 쉽지 않았지만, 20번쯤의 레슨 동안 60개 정도의 행복한 일들을 꾸준히 만들어 내었다. 그러는 동안에 행복한 일을 만들어내는 것은 그 일 자체만으로도 나를 행복하게 만들어 준다는 사실을 깨달았다. 행복은 도처에 널려있지만, 그저 내가 무시한 것은 아니었을까? 우울증이 내 두 눈을 가린 것은 아니었을까?

약은 해결되지 않았지만, 마음이 한결 가벼워졌다. 적어도 운동을 하는 동안, 운동을 하러 가는 동안, 운동이 끝나고 집에 오는 길 동안에는 이제 공부에 전념할 수 있겠다는 자신감까지 생겼다.

입안 가득 바늘

반격

    늦었지만, 반격을 시작해야만 했다. 수업 진도가 많이 뒤떨어진 것도 아니었고 논문도 꾸준히 써 오고 있던 터라 크게 뒤처진 것은 없었지만, 아직 내 최대의 잠재력을 보여 주지 못하고 있다는 느낌이 들었다. 수많은 정서적 위기(emotional crisis)를 겪었지만, 그래도 나는 삶을 꾸역꾸역 꾸준히 살아온 터라 조금의 틈만 생긴다면 반격할 수 있을 것 같았다. 그래서 학생 담당 교수님을 찾아가서 지금까지의 내 상황을 설명했다. 8개월 동안 내가 얼마나 힘든 삶을 살았는지 덤덤히 말하며 진단서와 여러 증명서 등을 보여 주며 모두 사실이니 조금만 시간을 달라고 부탁했다. 시험과 실습 등은 모두 제시간에 응시할 수 있지만, 논문 심사만은 조금 더 시간을 달라고 부탁했다. 교수님께서는 왜 미리 오지 않았느냐며 심각하게 내 말을 들어 주셨다. 1년을 쉴 수도 있는 사유가 되었을 거라며 대견하다며 나를 다독여 주기도 했다. 평소에는 이런 관심과 다독임을 받았더라면 눈물이 났을 테지만, 이제는 눈물 따위도 흘릴 시간이 없었다. 나는 반격해야만 했다. 무조건 성적이 첫 번째 유학 때보다는 높게 나와야 한다는 생각이었다. 이번 결정은 내 낮은 자존감에서 나온 괴물이 선택한 것도 아니었으며, 순전히 나를 위한, 나에 의한 결정이었다. 반격을 시작하자. 우울증을 이겨낼 수는 없으나 최대한 버텨 보자는 생각이었다. 그만큼의 힘이 생긴 것도 햇살의 힘이었고 운동의 힘이었으며 나를 응원하는 친구들의 도움이자 부모님의 힘이었고 모두의 힘이었다. 막판 스퍼트를 하는 마라토너처럼 나는 남은 힘을 짜내서 공부를 시작했다. 논문 심사 응시를 제시간에 못했던 터라 2주쯤 미뤄진 작은 시간을 가지고 프레젠테이션과 논문 수정을 계속했다. 기숙사 지하에는 이제 대부분의 학생이 졸업하고 나밖에 없던 상태라 테이블을 여러 개 붙여 놓고 나 혼자서 큰 독서실을 독차지할 수 있었다.

그러는 와중에도 상담 세션은 지속되었다. 나빠졌는지, 좋아졌는지 모르는 상황이지만, 이제 다른 곳에 정신을 쓸 겨를이 없었다. 무조건 졸업해야 한다. 저번보다 좋은 성적으로. 쓰러져서 죽는다고 해도 무조건. 필수 비타민을 위하여 과일을 계속 먹었고 체력을 위하여 운동과 프로틴 섭취를 꾸준하게 했다. 그 결과로 결국 내가 원하는 학점으로 졸업할 수 있었다. 그리고 내가 제일 처음 한 일은 그 무엇도 아닌 내 첫 우울증이 시작된 곳으로 돌아가는 것이었다. 바로 올드 로얄 스쿨(Old Royal school)이었다. 이제 모든 것이 끝나고 기숙사도 나가야 하는 상황이 온 터라 존의 집으로 피신했다. 존의 집에서는 실수하지 않기 위해서 여러모로 신경을 많이 썼다. 예를 들어, 다시 자해한다거나, 무절제하게 술을 마신다거나 하는 일이 없도록 말이다. 아무도 걱정시키지 않고 얹혀사는 일이 나 같은 인간에게는 쉽지만은 않았다. 담배도 한참 피울 때라 냄새가 안 배기게 조심하면서 재떨이도 가지고 다니면서 조심스럽게 피워댔다. 존과 나는 죽이 잘 맞았다. 존은 늘 바쁜 와중에도 항상 나를 위하여 재미있는 일거리를 준비해 줬고 나는 존과 존의 여자 친구인 카렌(Karen)을 위해서 음식 준비나 설거지 등을 했다. 그렇게 나는 존의 집에서 올드 로얄 스쿨로 가기 위한 준비를 했다. 마음의 준비도 해야 했다. 특히 나를 화학의 길로 인도해 주었던 인도 선생님께 드리기 위한 긴 편지도 한 통 써서 드디어 올드 로얄 스쿨로 출발했다.

Back to Old Royal

밤에 도착한 그곳은 예나 지금이나 똑같았다. 그곳에는 KFC가 있고 호텔이 있었다. 호텔을 예약한 터라 바로 체크인을 하고 KFC에 가서 식사하고 나서 맥주를 한두 잔 마셨다. 그리고 따뜻한 물로 목욕하고 영어를 가르쳐 주셨던 선생님께 전화했다. 내일 아침에 만나기로 약속했다. 너무 긴장한 나머지 화장실에 피어난 이끼를 보고 나는 또 경기를 일으키게 되었다. 약을 과다 복용하며 내 정신을 달래 보려고 했지만, 한 번 본 이끼는 내 머릿속으로 깊이 파고들어 가 버렸고 화장실 공포증에 술과 약이 더해져 또 제정신이 아닌 상태가 되어 버렸다. 정신을 잃어버릴 정도로 흥청망청 시간을 보내다가 일어나 보니 벌써 선생님과 만나기로 한 시간이 한참이나 지나버린 상태였다. 다행히 선생님은 차분히 나를 기다려 주고 계셨고 같이 학교 투어를 시작했다. 화학 선생님은 휴일이라 교내에 안 계셔서 만나지 못했지만, 내 석사 논문과 편지를 영어 선생님께 전달해 드렸다. 학교는 똑같았다. 변한 것은 하나도 없었다. 다만 요리를 하던 주방장 아줌마는 돌아가셨다고 했다. 또, 수학을 가르치던 선생님은 중동으로 이민을 가셨다고 했다. 영어 선생님 방에는 많은 학생의 사진으로 도배되어 있었는데 그중에는 벌써 자살한 친구도 있었고 뇌 질환으로 세상을 떠난 친구도 있었다. 그 벽에 내 증명사진을 붙여놓고 다시 세상으로 나왔다. 이제는 나를 괴롭히던 추억에서 벗어나고

195

싶었다. 바람을 쐬고 싶어서 선생님과 함께 근거리 교외로 투어를 나갔다. 선술집에서 진저 비어를 홀짝이며 고양이 이야기를 나누었다. 완벽한 하루였다. 내 등을 억누르는 짐이 한결 가벼워지는 느낌이었다. 공포의 근원지를 찾아갔지만, 사실 뭐가 뭔지 나도 잘 모르겠다. 냄새도 똑같고 학교도 그대로였지만 내 기분은 한결 나아졌다. 다음 번에도 그곳을 찾아갈 수 있을 것만 같은 느낌이었다.

내가 만든 공포의 근원지를 파헤치자 모든 것이 흰 재로 날아가 버린 듯했다. 그렇게 가슴 속에 남은 찌꺼기 하나 없이, 내 영국 생활은 막을 내렸다.

- Part. 5 end

　글을 마칠 때까지 근 2년이 걸렸다. 때로는 옛날 기억에 악몽이 다시 시작되기도 했고, 너무 몸이 가려워서 응급 약을 먹어야 하기도 했다. 의사 선생님과 긴 상담을 해야 하기도 했고, 약을 늘리기까지 했다. 글을 싸지른다는 것은 전혀 쉬운 일이 아니었다. 특히 이런 종류의 글은 나를 짜내서 고통스러웠던 정신과 기억을 다시 꺼내 와서 몰입해야 하는 작업이다 보니 더욱더 힘들었다. 사실 글을 쓴 시간보다 쓰다가 쉰 시간이 더 길었다. 이 글을 쓰며 여러 사람의 조언을 들었다. 쓰다가 힘들면 쉬고 싶은 만큼 쉬라고. 하지만 결자해지해야 하는 법. 매듭을 짓고 싶었다. 아직 이 세계에서 벗어날 수는 없지만, 버텨 보니 살아 볼 만하다는 사실을 쓰고 싶었다. 난 확연히 나아지지도, 나빠지지도 않았지만, 이제 나에게 생긴 것 하나는 회복 탄력성(resilience)이라는 것이다. 나에게는 무척이나 갖기 힘든 능력 중 하나였었다. 자유 낙하하고 있는 나를 중간에서 누가 잡아 주지 않아도 내가 나의 안전장치가 되어서 다시 올라오는 것. 나를 이해하고 '내가 이렇지.' 하고 인정하는 것. 물론 내 회복 탄력성은 다른 사람들보다는 훨씬 미약하다. 그나마 자그마한 회복 탄력성을 갖기까지 나에 대한 이야기로 글을 싸지르고 있다 보니 갑자기 너무 피곤해지기가 다반사여서 여기까지 쓰기까지 몇 갑의 담배를 피웠는지,

몇 봉의 약을 먹었는지도 기억이 나지 않는다. 어쨌든 나는 현재를 따라잡기까지 글을 계속 써 보려고 한다. 일기와 이런 종류의 글은 과거 속에서 절대 빠져나올 수 없는 것이고 지금도 시간이 흐르고 있는데 지금을 따라잡는 작업을 하기란 절대 쉽지 않을 것이다.

일을 마치고 나서는 내가 자취하는 집으로 돌아온다. 고양이들이 격하게 나를 반겨준다. "안녕, 애들아?" 바지와 겉옷을 뱀 허물처럼 벗어놓고 침대 위로 내 몸을 던진다. 푹신한 이불과 침대가 있는 내 방. 적당히 어지럽고 적당히 더러운 내 방 안에서 고양이들은 끝없이 그르렁거린다. 작은 원룸에는 여러 종류의 애완동물들이 살고 있다. 나는 푹신한 침대를 아쉬워하며 일어나 담배를 맛있게 한 대 피운다. 그리고 먹이용 귀뚜라미들을 핀셋으로 잡아서 도마뱀들에게 밥을 준다. 냉동 쥐도 해동을 시켜서 뱀들에게 먹이로 준다. 내 작은 방은 생명들로 꽉 차 있다. 오늘은 물고기들이 떼죽음을 당했다. 죽어 있는 것은 보기 싫다. 그래도 한참 동안 어항 속을 들여다보았다. 먹이용 핀셋으로 작은 물고기들과 새우들을 하나씩 건져 냈다. 휴지에 조심스럽게 싸서 물고기들을 버렸다. 마음이 또다시 울적해졌다. 또 하루가 지나간다. 지금은 컴퓨터 앞에 앉아서 에필로그를 쓰고 있다. 내 삶은 지속되지만, 내 이야기는 끝이 나야 하기 때문이다. 모든 것은 끝이 나야 한다. 행복한 일이든, 슬픈 일이든. 그래야 우리는 앞으로 나아갈 수 있다. 글을 쓰며 술이 들어간 초콜릿을 먹었다. 살기 위해서가 아니라 순전히 맛을 위한 욕심에 의해서. 이제 건강

한 삶을 사는 것일까? 초콜릿 한 조각의 무게가 옛날과는 다르게 느껴진다. 삶이란 참 가볍다. 너무나 가벼워서 이리저리 흔들린다. 그토록 나를 짓누르던 무게가 사라졌음에도 불구하고 나는 행복하지 않다. 운동을 해도, 밥을 먹어도 예전 같지 않다. 나 자신으로부터 도망치고 살기 위해서 행했던 일련의 행동들이 이제는 더 이상 예전만큼 큰 자극이 되어 주지 않는다. 모든 것에 의미를 부여하고 모든 것이 무미건조했던 삶. 너무 많은 정보를 머릿속에서 헤아려야 했기에 더욱더 힘들었던 내 삶. 그런 삶을 돌아보니 지금의 내 모습이 그리 나쁘지 않게 느껴진다. 근사하지는 않더라도 말이다. 나는 아직도 약을 먹는다. 아침 약, 점심 약, 저녁 약 그리고 취침 전 약까지 총 네 번에 걸쳐서 열댓 개가 넘는 약을 먹는다. 한 달에 한 번씩 병원에 가면 나를 반겨주시는 의사 선생님도 있다. 내가 사는 곳 어디에나 좋은 선생님들을 찾아 놓아서 안심이 된다. 아직도 팔에는 예전의 상처들이 있다. 그나마 문신들로 가득 메워 놓았지만, 자세히 들여다보면 상처들이 남아 있다. 언제 그었는지는 기억도 나지 않지만, 또 그래서 내가 지금 존재한다는 것을 느낀다.

내가 가장 좋아하는 추억 이야기를 하면서 이제 글을 마치고자 한다. 산세가 험하고 계단이 많은 설악산을 등산했을 때의 추억이다. 계속 올라도 끝이 안 보이던 계단과 나무들 사이에서 살벌하게 경사진 산을 타면서 대체 언제쯤이면 달콤한 정상에 도달했다는 기분을 맛볼 수 있을까를 생각하며 서서 숨을 고르던 찰나였다. 저 멀리서

비구니 한 분이 승려복을 입고 너풀거리면서 내려오는 게 보였다. 그 분에게 물었다.

"얼마나 더 가면 돼요?"

　그분은 "한 걸음 걸어가면 한 걸음 가까워져요."라고 말하고 그냥 나를 쓱 지나쳐 가버렸다. 속으로는 짜증이 났다. 몇 분 남았다고 이야기라도 해 줄 수 있는 것 아닌가? 짜증이 머리 꼭대기까지 올라서 걸음을 재촉해서 6시간 만에 대청봉을 정복할 수 있었다. 내려오면서 그분이 한 말을 곰곰이 생각해 보았다. 그분 말씀대로 쉬더라도 한 걸음이라도 내디디면 한 걸음 정상으로 가까워진다는 건 사실이었다. 삶도 마찬가지다. 너무 힘들어서 지금 당장 쉬고 싶더라도 한 걸음이라도 쥐어짜서 내디딜 수 있는 힘은 모두에게 있다. 나도 마찬가지다. 또 하나 깨달은 것은 내가 산을 오르면서 단 한 번도 뒤를 돌아보지 않았다는 사실이었다. 비구니가 스쳐 지나갈 때도, 돌부리에 발이 걸려서 넘어질 뻔했을 때도 정상에 오를 때까지 단 한 번도 뒤를 돌아보지 않았다는 사실이 정말 자랑스러웠다. 내게 회복 탄력성이 없을지언정, 나에게는 앞으로 한 걸음 내디딜 힘이 있다. 마지막으로 깨달은 것은 삶과 박자를 맞추어서 나아가야 한다는 것이다. 쉬겠다며 주저앉아 버려도 시간은 기다려 주지 않는다. 삶과 박자를 맞추어서 한 걸음이라도 앞으로 내디디면 어느샌가 우리 모두 나름의 정상을 찾아가는 길로 접어들지 않을까? 그게 아무리 멀더라도 말이다.